Paula Kienzle, Karin Lutz-Efinger

Komm, Schwester, tritt ins Licht

Glaube und Leben

Band 17

LIT

Paula Kienzle, Karin Lutz-Efinger

Komm, Schwester, tritt ins Licht

Schwester Philomena (Gertrud Schmittdiel), Generaloberin der Schwestern der Christlichen Liebe

LIT

Umschlagbild: Noch erhaltener Eingang des Mutterhauses der Schwestern der Christlichen Liebe in Paderborn. 1895 unter der Leitung von Schwester Philomena im neoromanischen Stil erbaut.
Foto: Mutterhaus Paderborn

Bibliografische Information Der Deutschen Bibliothek
Die Deutsche Bibliothek verzeichnet diese Publikation in der Deutschen Nationalbibliografie; detaillierte bibliografische Daten sind im Internet über http://dnb.ddb.de abrufbar.

ISBN 3-8258-7339-0

Grevener Str./Fresnostr. 2 48159 Münster
Tel. 0251–62 03 20 Fax 0251–23 19 72
e-Mail: lit@lit-verlag.de http://www.lit-verlag.de

Gertrud Schmittdiel

die General-Oberin der Congregation
der Schwestern der christlichen Liebe:
Schwester Philomena Schmittdiel

Inhaltsverzeichnis

Vorwort

„Seine Tochter Maria Gertrud (Schwester Philomena), geboren am 13. Juni 1837 im jetzigen Hülsmannschen Hause am Ikenberge (die Mutter hieß Theresia Heidenreich), ist seit 1894 General-Oberin der Schwestern der christlichen Liebe in Paderborn; sein Sohn Augustin, geb. am 3. Februar 1831, ist Kanonikus an der Stiftskirche in Geseke.“[1]

Diese Fußnote wirkte bei mir wie ein Schneeball, der eine große Lawine ins Rollen brachte. Erste Kontakte zu den Schwestern der christlichen Liebe in Paderborn knüpften sich schnell in fruchtbarer Weise speziell zu den Archivarinnen Schwester Georgia und Schwester Irmhild. Leider wurde das Mutterhaus am 27. März 1945, also kurz vor Ende des zweiten Weltkrieges, durch Bomben zerstört. Im Archiv der Schwesterngenossenschaft verbrannte vieles, was jetzt bei der Spurensuche helfen könnte. Eine Zeitgenossin von Schwester Philomena lebt nicht mehr. Kurze Bemerkungen finden sich in den Lebensbeschreibungen von Pauline von Mallinckrodt, der Gründerin der Schwesternkongregation, in der Geschichte der Genossenschaft und in den Nachrufen. Als beste Hilfe erwies sich die Kopie des Nachrufs beim Tode von Schwester Philomena, der im Westfälischen Volksblatt in Paderborn am Samstag, den 13. Januar 1917, veröffentlicht wurde. Diese kompetente Darstellung ihres Lebens leitete mich wie ein roter Faden erfolgreich bei meiner Spurensuche.
Die Schwestern des Mallinckrodt Konvents in Mendham in Nordamerika übersandten mir Kopien von Bildern des ersten Mutterhauses in Wilkes-Barre, in dem Schwester Philomena über 13 Jahre wirkte. Ebenso überließen sie mir die Kopie einer kurzen Aufzeichnung des Lebens von Schwester Philomena aus dem Jahre 1917. Meine Nichte Angelika Ruprecht übersetzte den englischen Text. Schwester Therese vom Konvent in New Orleans überreichte mir bei einem Besuch spontan Auszüge aus der Chronik und Schwester Joanna fuhr mit dem Auto zur St. Henry-Kirche, zur Schule und dem Konventshaus.
Weiteres Urkundenmaterial entdeckte ich im Diözesanarchiv in Paderborn, im Staatsarchiv in Detmold, im Stadtarchiv in Paderborn,

---

[1] L. Hagemann: Geschichte und Beschreibungen der beiden katholischen Pfarreien in Warburg 1904

Warburg und Geseke und im Pfarrarchiv der Altstadtpfarrei in Warburg. Schriften des Bruders August Schmittdiel stehen in der Akademischen Bücherei in Paderborn.
Für die Warburger Zeit erwiesen sich Abhandlungen über das Schulwesen in Warburg und im Hochstift Paderborn, veröffentlicht in der „Zeitschrift für vaterländische Geschichte und Altertumskunde", angesammelt im Stadtarchiv Warburg, als Fundgrube. Diese erhielt ich jedoch von meinem damaligen Nachbarn und Historiker Franz Mürmann aus dessen Privatbesitz. Die Zeit der Kindheit und Jugend in Warburg veranschaulichen zeitgenössische Texte. Über Bökendorf und Malvine von Haxthausen informierte ich mich in Urkunden und über eine Artikelfolge in der Westfälischen Zeitung, die mir Freunde übersandten.
Vielen Privatpersonen aus Warburg verdanke ich Hilfe und Unterstützung einerseits durch zur Verfügung stellen von Quellenmaterial aus deren Privatbesitz und andererseits durch persönliche Erzählungen und Hilfe beim Lesen der Urkunden.
Nach meinen ersten Recherchen sind fast 10 Jahre vergangen. Erfreulicherweise gibt es inzwischen zahlreiche wissenschaftliche Veröffentlichungen z. B. über „Katholische Frauenkongregationen im 19. Jahrhundert" von Relinde Meiwes und anderen, in denen allgemein und explizit über die Gründung der Pauline von Mallinckrodt gearbeitet wurde. Per E-Mail konnte ich Stadtarchive in Nordrhein-Westfalen auf Materialien aus der Tätigkeitszeit der Schwestern der christlichen Liebe über die Zeit vor dem Kulturkampf abfragen.
Auch die Universitätsbibliothek in Tübingen erwies sich als Fundgrube für weiterführende Informationen über die Familien Siebold und Prof. Leander van Eß. Rüdiger Widman aus Tübingen fertigte die Karten und die Zeichnungen für USA und Marianne Heczko fotografierte in Warburg. Die Scans führte Werner Faiß in Rottenburg aus.
Ein besonderer Glücksfall für mich war die Zusammenarbeit mit Karin Lutz-Efinger, von deren Professionalität das Buch profitiert. Wir ergänzten uns gut.
Auch meinen vielen Freundinnen sei hier herzlich gedankt für das kritische Lesen der Texte und den Freunden für die Hilfe am PC.

Ganz herzlich danke ich allen für die wohlwollende und wohltuende Zusammenarbeit und Unterstützung!

Einleitung

Als eine im Jahre 1837 geborene Frau hat Gertrud Schmittdiel den höchsten Punkt der Karriereleiter erreicht. Höher konnte eine Frau in der damaligen Zeit nicht aufsteigen. Im männerorientierten Denken und Sprechen wäre sie als „große Frau" zu bezeichnen. Aber wollen wir Frauen „große Frauen" sein? Wollte Schwester Philomena dies sein? Wenn es gelänge, den Leser klar empfinden zu lassen, wie hier eine Frau ihre Fähigkeiten und Kräfte in selbstgewählter Form und Richtung schöpferisch wirken lassen konnte und wirken ließ, wäre das Ziel erreicht.
Sich emphatisch in die Person von Schwester Philomena einzufühlen, wird uns heutzutage nicht gelingen. Dies ist nicht die einzige Schwierigkeit, Schwester Philomena richtig zu sehen. Andere sind: die Zeit des 19. und Anfang des 20. Jahrhunderts politisch, ökonomisch und sozial-geschichtlich und darin die Frau in ihrem andersartigen Selbstverständnis, ihrer anderen Stellung in der Gesellschaft, ihren kleinen Möglichkeiten im Bereich personbezogener Lebensentfaltung und ihrer anderen Interpretation der Religion.

Um diesen Diskrepanzen von damals zu heute fair zu begegnen, werden häufig Stimmen und Texte zitiert, die zeitgleich oder mit mehr zeitlicher Nähe formulieren. „**Schaufenster in die Vergangenheit**" sollen den geschichtlichen Kontext zur Lebensgeschichte erläutern. Die verschiedenen Schriftarten sollen den Lebenslauf vom erläuternden Historischen trennen. Zeitzeugenberichte und Dokumente sind durch abweichende Schriftarten abgehoben. Biographien und Exkurse sind umrahmt.

Weder Kritik noch Wertung soll vom heutigen Standpunkt aus geschehen. Die dunkle Folie auf dem Leben der in Warburg in Westfalen geborenen Gertrud Schmittdiel und der in der Kongregation der Schwestern der christlichen Liebe in Paderborn und Wilkes-Barre in USA tätigen Schwester Philomena soll abgehoben werden.

Rottenburg, den 30.März 2004 Paula Kienzle

Einleitung

„Sag, wie hältst du´s mit der Religion?“ Die Gretchenfrage sorgte im November 2001 für meinen ersten Kontakt mit Paula Kienzle und somit auch für die Begegnung mit Schwester Philomena, die mir bis dahin völlig unbekannt war. Bei der Fortbildungsveranstaltung mit dem oben zitierten Titel ging es im schwäbischen Blaubeuren um allerlei Facetten und Ausprägungen weiblicher Religiosität - ein wahrlich spannendes und weites Feld.

Trotz fundierter Referate und vertiefenden Diskussionen blieb für uns beide am Ende die Frage offen, wo frau denn nun in der Realität jenseits prominenter Frauengestalten Vorbilder finden könnte. Frauen nämlich, die ihre große Frömmigkeit nicht nur nach außen tragen, sondern ihren Glauben koppeln mit sozialem Engagement, aktiver Nächstenliebe und emanzipierter Lebensführung.

Paula Kienzle hatte schon Jahre zuvor begonnen, über Schwester Philomena historisch zu forschen, eine Frau, die ihren sicheren Lebensstandard zugunsten einer aufreibenden und aufregenden Herausforderung aufgab. Viel Material war zusammen gekommen und es war an der Zeit, alles in einem Buch zu bündeln. Ich unterstützte Paula Kienzle bei Umformulierungen und Ergänzungen von Texten und schließlich bei der Fertigstellung des Buches. Und so wurde mir Schwester Philomena zunehmend vertraut, Vergangenheit verwob sich mit aktuellen Glaubensfragen und Glaubenszweifeln. Und einer Antwort auf die Gretchenfrage bin ich ein Stück näher gekommen ...

Stuttgart, April 2004 Karin Lutz-Efinger

Schaufenster in die Vergangenheit: Sicht auf die Frauen

Zu Beginn des 19. Jahrhunderts erklärte Königin Luise von Preußen: *„Die göttliche Vorsehung leitet unverkennbar neue Weltzustände ein, und es soll eine andere Ordnung der Dinge werden, da sich die alte überlebt hat und in sich selbst als abgestorben zusammenstürzt. Wir sind eingeschlafen auf den Lorbeeren Friedrichs des Großen ...“*[2]
Am Tag nach der Hochzeit erklärte sie ihrem Ehemann, dem Kronprinzen Friedrich Wilhelm, dass sie sich fortan beide mit Du anreden wollten. Ab sofort trug sie keinen Reifrock mehr sondern Empirekleider und tanzte Walzer. Was sie für sich in Anspruch nahm, drang erst Jahrzehnte später in die weiteren Schichten der Bevölkerung vor. Wovon sie sich auch nicht befreien konnte, war die hohe Anzahl der Geburten: Zwischen Oktober 1794 bis Oktober 1809 war sie elfmal in den Wochen.[3]
1837 starb der englische König Wilhelm IV. Durch das geltende weibliche Erbrecht bestieg seine 20jährige Nichte als Königin Viktoria den Thron. Sie wurde am 24. Mai 1819 durch die Hilfe von Charlotte v. Siebold, der ersten Frauenärztin der Welt, im Kensington Palast in London geboren. Das Neugeborene wurde von ihr auf ein silbernes Tablett gebettet und Rangoberen des Königreiches präsentiert. Gemäß dem traditionellen Geburtszeremoniell hielten sich diese in der Wochenstube auf.[4] Während ihrer 21jährigen Ehe gebar Königin Viktoria neun Kinder.[5] Das Zeitalter, in dem sie lebte, wird als „viktorianische Epoche“ bezeichnet.
1837 vertrat Pauline von Mallinckrodt noch die vor drei Jahren verstorbene Mutter im Haushalt ihres Vaters, dem Präsidenten von Mallinckrodt. Er hielt ein gastliches Haus in Aachen. Im Haushalt waren drei jüngere Geschwister, ein Vetter und fünf Hausbedienstete. 1839 siedelte der Vater dann mit der Familie nach Paderborn um.[6]

---

[2] H. Lutz: Zwischen Habsburg und Preußen S. 29-30
[3] E. Pauls: Die Revolution der Königin Luise. S. 7-11
[4] H. Körner: Die Würzburger Siebold S. 142
[5] H. Tingsten: Königin Viktoria und ihre Zeit S. 61 ff
[6] C. Frenke: Pauline von Mallinckrodt S. 23 ff

1. Geburt in Warburg in Westfalen

GERTRUD SCHMITTDIEL WIRD AM 13. JUNI 1837 IN WARBURG IN WESTFALEN GEBOREN

Sie nimmt leise und unauffällig den Umbruch zwischen dem Frauenbild des 19. zum 20. Jahrhunderts voraus. Nach sorgfältiger Prüfung wählt sie das Leben in einer religiösen Frauengemeinschaft. Die Genossenschaft der Schwestern der christlichen Liebe besteht noch nicht zehn Jahre lang, als diese ihre Anziehungskraft auf die junge Frau und Lehrerin Gertrud Schmittdiel ausübt. Deren Begründerin – Pauline von Mallinckrodt – ist eine jener eindrucksvollen, sozial tatkräftigen und großartigen Frauen aus der Mitte des 19. Jahrhunderts, deren Vorbild junge Frauen zur Mitarbeit anzieht. Innerhalb dieser abgesonderten Welt der Frauen und ihrer Beziehungsnetze entdecken sie ihre Fähigkeit, sich Freiräume und beachtlichen sozialen Einfluss zu verschaffen. Dennoch bleiben sie trotz aller Stärke und Freiheit in die Zwänge, Ironien und Widersprüche des Gesellschaftssystems eingebunden und wirken an der Schaffung und Aufrechterhaltung der weniger erfreulichen Aspekte der gesellschaftlichen Ungleichheit zwischen Männer- und Frauenwelt mit.
Gertrud Schmittdiels Lebensstationen führen sie von Westfalen weg nach Nord- und Südamerika. Ihr Hauptlebenswerk finden wir heute noch in Paderborn. Hochbetagt verstirbt sie am 5. Januar 1917 in dem von ihr selbst arrangierten Schwesternaltenheim in Wiedenbrück.
Dem Leben dieser einzigartigen Frau wollen wir uns in diesem Buch widmen. Als Schwester Philomena wird sie in der klösterlichen Gemeinschaft in liebevoller Erinnerung bewahrt. In der damaligen Öffentlichkeit blieb sie jedoch weitgehend unbemerkt und in der Geschichtsschreibung ist sie fast vollständig unbekannt.

Im Frühsommer des Jahres 1837 erblickt ein kleines, zartes Mädchen das Licht der Welt. Keiner denkt daran, welch große Aufgaben es in seinem Leben bewältigen würde.

Taufname des Kindes.	1837. Tag und Stunde der Geburt	Ob ehelich oder unehelich?	Vor- und Zuname auch Stand des Vaters
24. Maria Gertrud starb als Schwester Philomena, Generaloberin d. Schw. d. christl. Liebe, Paderb. + 5.1.1917 in Wiedenbrück.	Dreizehnten - 13 - Juni Abends 10 Uhr	ehelich	Heinrich Schmittdiel Lehrer

Vor- und Zuname der Mutter	Wohnort der Eltern	Tag der Taufe	Von welchem Geistlichen getauft.	123 Namen der Pathen.
Theresia Heidenreich	daselbst	16 Juni	Seine	Gertrud Honervogt geb. Oebike

Geburts- und Taufregister der Pfarrei in der Altstadt der Stadt Warburg

In den Kirchenbüchern der Altstädter Pfarrei ist ihre Geburt und Taufe so beurkundet:[7]

Übertragung der Urkunde

Auszug aus dem

Geburts- und Taufregister
der Pfarrei in der Altstadt der Stadt Warburg

Taufname des Kindes	Maria Gertrud
Tag und Stunde der Geburt	dreizehnten -13- Juni 1837 abends 10 Uhr
Ob es ehelich oder unehelich sei ?	ehelich
Vor- und Zuname, auch Stand des Vater	Heinrich Schmittdiel Lehrer
Vor- und Zuname der Mutter	Theresia Heidenreich
Wohnort der Eltern	daselbst
Tag der Taufe	16. Juni
Von welchem Geistlichen getauft	Peine
Name der Paten	Gertrud Hönervogt geb. Oebike

[7] Staatsarchiv Detmold: Geburtsregister der Altstädter Pfarrei Warburg des Jahres 1842, Signatur P 1 B Nr. 493

Wie es in der damaligen Zeit üblich ist, gibt es eine Hausgeburt am 13. Juni abends um 10 Uhr. Eine private oder die von der Stadt Warburg vereidigte Hebamme ist im Hause. Erfahrene „ehrbare" Nachbarinnen oder die jüngere Schwester der Mutter eilen herbei, vielleicht auch Gertrud Hönervogt, die einige Tage später das kleine Mädchen auf ihren Armen zur Taufe in die Altstädter Kirche tragen wird.

Die werdende Mutter benützt einen Geburtsstuhl. Vor ihr sitzt die Hebamme auf einem Schemel. Helferinnen unterstützen sie. Hier ist kein Arzt dabei.

Die „bademoder" badet das Neugeborene, während die Hebamme die Mutter versorgt. Eine Gehilfin trägt kräftiges Essen und Trinken herbei.[8]

In Warburg gab es zwei Badeanstalten, „badestoven" genannt: eine städtische bei dem Badestubentore an der Diemel und eine private vor dem Johannistor. Bader und Bademutter waren im 19. Jahrh. Bedienstete der Stadt Warburg. Jedoch waren Hebamme und Bademutter nur für arme Leute kostenfrei.

---

[8] Hebammenlehrbuch aus dem 16. Jahrhundert.: Rößlins Rosengarten in: W. Gubalke: Die Habamme im Wandel der Zeiten

Kräftige Nahrung bringen die Altstädter und Neustädter Verwandten. Die Gesundheit des Mädchens wird in den späteren Jahren immer wieder als schwächlich beschrieben. Dies könnte auf eine schwierige Niederkunft der Mutter hinweisen oder dass das Kind sehr anfällig für Krankheiten ist.
Sollte die Geburt schwierig gewesen sein, so gibt es damals noch selten Ärzte, die Geburtshilfe gelernt haben oder gar Gynäkologen sind. Vereinzelt gibt es sie in Universitäts- und Residenzstädten wie Würzburg oder Darmstadt. Frauenheilkunde und ärztliche Geburtshilfe stecken noch in den Kinderschuhen.
Ein solch herbeigerufener Arzt hätte jedoch ein Onkel der Gebärenden sein können. Dr. med. Anton Friedrich van Eß praktiziert als Arzt bis 1844 in Warburg[9]. Auch der jüngste Bruder August ist Mediziner. Er heiratet 1828 die erste Frauenärztin der Welt, Frau Charlotte Heidenreich gen. von Siebold, die aus der berühmten Würzburger Geburtshelferfamilie derer von Siebold stammt.[10]
Die Eltern geben dem Neugeborenen den Namen Maria Gertrud. Es ist damals üblich, dass Mädchen weibliche und Jungen männliche Taufpaten haben und dem Täufling der Vorname des Taufpaten gegeben wird. Soll der zusätzliche Name Maria darauf hinweisen, dass die Eltern dem Kind eine religiöse Ausrichtung des Lebensweges vorbestimmt haben und es entsprechend erziehen?
Das Mädchen Gertrud wird also nach ihrer Taufpatin Gertrud Hönervogt benannt. Die erste Frau des Vaters ist eine geborene Hönervogt gewesen. Sie verstarb im Kindbett. Über ihr Kind ist nur ein Eintrag im Taufregister zu finden. Die Beziehung zu dieser Familie Hönervogt ist noch immer von herzlicher Verbundenheit erfüllt.
Sollte als Namenspatronin die Heilige Gertrud von Helfta gewählt worden sein, so wird der Namenstag am 15. November gefeiert. Der Geburtstag bleibt unbeachtet. Namenstage sind die bedeutenden persönlichen Feste im Jahr. In der Familie werden sie groß gefeiert und die Taufpatin beschenkt ihr Patenkind reichlich.
Diese Namenspatronin Gertrud die Große, wie sie auch genannt wird, scheint bereits das Lebensprogramm unserer Gertrud vorzuzeichnen,

[9] F. Heidenreich: Warburger Stammtafeln, Teil 1: Text; Teil 2: Stammtafeln
[10] H. Körner: Die Würzburger Siebold, S. 113-154

denn auch sie war eine bedeutende religiöse, mystisch begabte Frau und als Äbtissin in leitender Funktion.

Die heilige Gertrud von Helfta

Im 13. Jahrhundert wurde sie als eine der großen Mystikerinnen des Zisterzienserinnenklosters in Helfta bekannt.
Am 6. Januar 1256 wird Gertrud in Thüringen geboren und kommt bereits im Alter von fünf Jahren in das Kloster St. Maria. Im Jahr 1229 hatte Graf Burchard von Mansfeld zusammen mit seiner Frau den Zisterzienserinnen der Klöster St. Jacobi und St. Burchardi zu Halberstadt diese neue Kloster gestiftet. Seinen Sitz hat es zunächst in Rodarsdorf und von dort wird es 1258 in die Siedlung Helfta bei Eisleben verlegt.
Die junge Gertrud erhält von der damaligen Äbtissin Gertrud von Hackeborn eine umfassende philologische und theologische Ausbildung. Als junge Nonne übersetzt sie bereits Teile der Heiligen Schrift ins Deutsche. Mit 26 Jahren hat Gertrud eine Vision, die für sie den Anfang für eine mystische Christusbeziehung markiert. Ihre Offenbarungen werden von Experten als für die damalige Zeit sehr gewagt bewertet. In ihren fünf Büchern des „Legatus divinae pietatis" – dem Gesandten der göttlichen Liebe – werden theologisches Wissen und religiöse Spekulationen zusammen gefasst.
In den folgenden Jahren wird die hochgebildete und künstlerisch begabte Ordensschwester und spätere Äbtissin für die Menschen der Umgebung zu einer gefragten Zuhörerin, Trösterin und Ratgeberin. Unter ihrer geistlichen Leitung entwickelt sich das Kloster Helfta zu einem Zentrum der Mystik und der mittelalterlichen Kultur. Das genaue Todesjahr – 1301 oder 1302 – von Gertrud von Helfta ist nicht bekannt, sicher ist nur der Tag: der 16. November. Erst im Jahr 1678

wird die Mystikerin ins römische Heiligenverzeichnis aufgenommen, ihr Fest wird am 17. November gefeiert. Im Zuge der Gegenreformation und der katholischen Erneuerung im 16. Jahrhundert werden Gertruds Werke vor allem in romanischen Ländern und bis nach Südamerika verbreitet. Bis weit in das 19. Jahrhundert hinein sind ihre Offenbarungen für die katholische Volksfrömmigkeit überaus bedeutsam. Nach einer wechselvollen Geschichte – nach der Reformation aufgegeben, im Bauernkrieg zerstört, dann preußische Staatsdomäne und zu DDR-Zeiten volkseigenes Gut – wird das Kloster Helfta nun behutsam an seinen Ursprung herangeführt. Eine schlichte, neue Kirche ist errichtet worden und seit einigen Jahren leben wieder Zisterzienserinnen in Helfta. Sie wollen anknüpfen an die große Tradition des Ortes und an den Geist Gertruds: Helfta als Zentrum der Frauenmystik und der visionären Begegnung mit Gott.[11]

[11] M. Bangert, H. Keul: Die Mystik der Frauen von Helfta, S. 81 -111

Schaufenster in die Vergangenheit: Warburg von1800 – 1848

Die heutige Stadt Warburg entstand aus zwei Siedlungen. Die ältere ist - wie der Name schon sagt - die Altstadt im Tal der Diemel und die etwa um 200 Jahre jüngere Neustadt liegt auf dem Bergrücken. Während die Pfarreien mit ihren Kirchen unter diesen Namen weiterbestehen, verbanden sich die beiden Städte im Jahre 1436 verwaltungsmäßig miteinander. Das neue Stadtrecht wurde im „groten Bref" festgeschrieben. Das Rathaus liegt auch heute noch zwischen den Städten auf halber Höhe, ebenso das unweit gelegene Dominikanerkloster. Der Verbindungsweg von der Altstadt zum Rathaus nennt sich „Am Ikenberg".
Bis zum Jahre 1802 unterstand Warburg dem Fürstbischof von Paderborn. Dem Range nach war es die zweitgrößte Stadt des Fürstentums. Am 3. August 1802 kam sie in preußischen Besitz. Das ehemalige Hochstift Paderborn wurde am 15. August 1807 dem neu gegründeten Königreich Westfalen unter Jèrome Napoleon einverleibt.
Aus der Selbstverwaltung der Hansestadt Warburg durch die Ratsherren war eine der preußischen Obrigkeit huldigende und weit von Berlin her mitbestimmte Stadt geworden. In dieser gleichen Zeit wird von vielen Brandkatastrophen, Überschwemmungen, schlimmen Frösten, von Unwettern, Missernten und Hungerjahren berichtet. Drückende Lasten, Zerstückelung des Grundeigentums, Überschuldung und mangelhafte Kapitalausstattung, hohe Geburtsraten und hohe Kinder- und Müttersterblichkeit waren das Bild der Stadt in der ersten Hälfte des 19. Jahrhunderts. „Wege und Straßen waren in traurigstem Zustand."[12]
Positive Entwicklungstendenzen setzten in der Mitte des Jahrhunderts ein. Chausseen, Brücken und Eisenbahn wurden gebaut und die Wasserversorgung verbessert. Post und Kreissparkasse wurden gegründet und Handelshäuser und Fabriken errichtet. Immer wieder wurde von hohen Geldbeträgen berichtet, die Warburger Männer und Frauen für die Versorgung von Kranken in Krankenhäusern, von Toten auf den

[12] Verwaltungsbericht der Stadt Warburg aus dem 19. Jahrhundert

Friedhöfen, von Kleinkindern in „Kinderverwahranstalten", von Schulen und von unbemittelten „Frauenspersonen" stifteten. Reiche Bürgerinnen sprangen mit ihrem Vermögen ein, weil die öffentliche Hand ihre Aufgaben finanziell nicht mehr bewältigte.[13]
Die Zahl der Einwohner stieg vom Jahre 1823 von 2573 Einwohnern bis zum Jahre 1855 auf 4116 Einwohner. In 22 Jahren vermehrte sich die Bevölkerung um 1543 Personen.

Blick auf Warburg vom Diemeltal aus: „Rathaus zwischen den Städten", Altstädter und Neustädter Kirche und Dominikanerkloster
Aufnahme von Marianne Heczko

[13] Informationsschriften des Museums im ‚Stern', Warburg S. 135 ff

2. Die Mutter: Theresia Heidenreich aus Warburg

THERESE HEIDENREICH, GERTRUDS MUTTER, HEINRICH SCHMITTDIELS ZWEITE FRAU

Maria Theresia Elisabeth Heidenreich wird am 26.September 1806 in Warburg geboren, wächst in der Neustadt auf und heiratet 1825 den 30jährigen Lehrer Heinrich Schmittdiel im Alter von ungefähr 19 Jahren. Sie zieht zu ihrem Mann und seinem Kind aus erster Ehe ins Haus am Ikenberg.
Die junge Frau stammt aus einer großen, alteingesessenen, angesehenen und wohlhabenden Warburger Familie. Heidenreich erscheinen zuerst um 1350 als Erbsalzer in Salzkotten. Sie sind dort und in Geseke im Rat vertreten. Über das Bürgermeisteramt in Paderborn gelangen sie nach Warburg. Hier ist die Familie bis heute ansässig.[14]
Ein Johann Heidenreich kommt um 1600 nach Warburg. Sein Sohn Cyriakus V. Heidenreich wird als Ratsherr und Bürgermeister in Warburg überliefert. Er heiratet in erster Ehe Catharina von Räuber. Sie ist die Tochter des Jobst Conrad von Räuber, einem Erbgesessenen zu Engar und Pfälzischem Rat. Nach dem Tod der Eltern Heidenreich erbt deren Tochter Goda 1625 „die meisten Besitzungen, da die einzige Schwester Anna auf ihr Erbe verzichtete". Es existiert noch ein Inventar, über das, was „Goda dem Cyriakus als Mitgift zubrachte."[15]
Dr. Heidenreich, der Verfasser der Warburger Stammtafeln, schreibt 1982 über diese Mitgift in einem Brief an seine Kusine Ute: „Ich bekomme aber einige Truhen und Schränke, Zinn etc. aus altem Heidenreich'schen Besitz. Das sind z. T. Erbstücke , die aus dem Besitz der Familie von Räuber stammen, denn als Bürgermeister Cyriakus Heidenreich 1633 eine der beiden letzten Töchter des jur. Jobst Conrad v. Räuber heiratet (die andere heiratet Bgstr. Dietrich Sybel in Salzkotten) wurde das bewegliche Gut unter den beiden letzten Töchtern aufgeteilt. Die Urkunde liegt noch in Darmstadt vor."[16] In

---

[14] F. Heidenreich: Warburger Stammtafeln. Teil 1: Text, S. 56 ff. Teil 2: Tafeln 104-106
[15] Ebd., S. 58 ff
[16] Privatbrief Heidenreich/Koch; in Privatbesitz von Frau Kalthoff

diesem Brief drückt er auch sein Erstaunen darüber aus, dass viele der Heidenreich'schen Urkunden und Möbelstücke durch Prof. Dr. Leander van Eß, dem Bruder seiner Urur-Großmutter Maria Elisabeth van Eß, bei dessen Umsiedlung von der Universität Marburg nach Darmstadt und später zu seinem Neffen Leander Heidenreich nach Alzey und Affolterbach den in Warburg befindlichen und beweglichen Besitz mitgenommen werden. Er vermutet in diesem Zusammenhang jedoch, dass die Warburger Brüder kein Interesse an diesen Erbstücken hatten.
In den folgenden Generationen werden Ratsherren, Oekonomen und Bierbrauer genannt, so auch Johann Heidenreich, der 1760 Maria Catherina Schwerfeger heiratet. Von ihren sieben Kindern versterben drei in jungen Jahren. Die vier Söhne gründen Familien, zwei davon wählen eine Tochter aus der Familie van Eß, sind also Schwestern des berühmten Prof. Dr. Leander van Eß. Drei davon stiften besondere Linien innerhalb der Heidenreich'schen Großfamilie: die Neustädter, die Altstädter und die Darmstädter Linie.
Anton Joseph Heidenreich verheiratet sich 1799 in zweiter Ehe mit Maria Elisabeth van Eß. Sie sind die Großeltern von Gertrud Schmittdiel und gelten als Begründer der Darmstädter Linie, obwohl erst deren Sohn August nach Darmstadt zieht. Nach dessen Medizinstudium bekleidet er dort die Stelle eines *„Großherzogl. Hessen-Damstädt. Generalstabsarzt“*[17] und heiratet 1829 Charlotte von Siebold gen. Heiland, *„die erste Frauenärztin der Welt“*.[18]
Auch von ihr berichtet Dr. F. Heidenreich: *„Es existieren noch viele wertvolle Schmuckstücke, die Dr. med. Charlotte Heidenreich, geb. von Siebold, (die Frau des aus Warburg stammenden Generalarztes Dr. med. August Heidenreich), die erste Frauenärztin der Welt, zu Geschenk erhielt von den europäischen Fürstenhöfen. Sie hat von 1825 – 1860 alle Kinder der Europäischen Fürsten, u. a. Königin Viktoria von England, zur Welt verholfen und wurde reichlich beschenkt.“* Sie *„hatte damals in England auch die Totenmaske Shakespeares erworben, die die Heidenreichs vor 30 Jahren versteigern ließen und die heute im Besitz des Deutschen Museums ist. Aber alte Ölbilder von Heidenreichs und van Eß sind noch da, ferner*

[17] F. Heidenreich: Warburger Stammtafeln, Teil 1: Text, S. 59
[18] Ebd., S. 59

das Originalölbild von Wallenstein aus seiner Zeit, herrliches Porzellan- und Silbergeschirr."[19] Auch über den van Eß'schen Besitz bemerkt er: *„Vor allem existiert die Bibliothek des Prof. Leander van Eß z. T. noch, da sind hervorragende Dinge dabei."*[20] Dr. August Heidenreich verstirbt 1880 kinderlos.
Die Darmstädter Linie wird jedoch vom Sohn Leander gegründet. Er kommt über seinen älteren Bruder August nach Darmstadt, kümmert sich um den Onkel Prof. Leander van Eß und kauft zunächst das Gut in Alzey und dann in Affolterbach im Odenwald. Dort wird er Bürgermeister und später, wie auch sein Sohn August, Landtagsabgeordneter. Er verstirbt 1881. Vor ihrem Tode überträgt seine Urenkelin Dr. phil. Magdalene Heidenreich das ihr verbliebene Vermögen der Siebold'schen Stiftung in Darmstadt.
Ein weiterer Sohn Friedrich Anton wandert nach USA aus und lebt in Detroit als Lohgerber. Einer seiner Enkel, Friedrich Heidenreich, bekleidet das Amt eines Pastors in Detroit.
Die Tochter Anna Maria Catherina heiratet 1829 Ignatz Schrader, den Kollegen Heinrich Schmittdiels. Die beiden weiteren Töchter werden Heinrich Schmittdiel heiraten.

Maria Theresia Elisabeth Heidenreich heiratet Heinrich Schmittdiel im Jahre 1825 in zweiter Ehe

Maria Theresia Elisabeth Heidenreich (geb. 1806) heiratet Heinrich Schmittdiel im Jahre 1825 in zweiter Ehe. Sie gebiert acht Kinder, wovon fünf in jungen Jahren versterben.
Das erste Kind, das im Geburtsregister der Altstadt zu finden ist, heißt Heinrich Ludwig Joseph[21]. Es wird am 21. August 1826 abends um 9 Uhr geboren. Der Stand des Vaters wird mit Lehrer angegeben. Die Tauffeierlichkeit wird am 26. August von Pfarrer Rielander vollzogen. Taufzeuge ist Joseph Heidenreich. Nach den Stammtafeln kann er der Großvater des Kindes sein.[22] Dieser Junge ist jung verstorben.

---

[19] Privatbrief Heidenreich/Koch; im Privatbesitz von Frau Kalthoff
[20] Ebd.
[21] Staatsarchiv Detmold: Geburtsregister der Altstädter Pfarrei des Jahres 1826, Signatur P 1 B Nr. 49
[22] F. Heidenreich: Warburger Stammtafeln, Teil 2: Tafeln.

Als nächst geborenes Kind ist August Schmittdiel in den Stammtafeln aufgeführt. Er ist der Lieblingsbruder Gertruds und wird Geistlicher in der Stadt Geseke.
Als weiteres Mädchen ist in den Altstädter Pfarrbüchern Charlotte Augusta Maria Schmittdiel verzeichnet. Sie kam am 6. Juni 1834 mittags gegen 12 Uhr als Tochter des Elementarlehrers in die Welt. Als Taufzeugin notierte Pfarrer Willeke am 12. Juni Frau *„Dr. Charlotte Heidenreich und Maria Heidenreich cujus loca Gertrud Hönervogt.“*[23] Letztere könnte die Schwiegermutter aus erster Ehe sein. Maria Heidenreich ist die jüngste, in dieser Zeit noch unverheiratete Schwester der Mutter. Dr. Charlotte Heidenreich ist die Frau des jüngsten Bruders. Sie ist Frauenärztin und Geburtshelferin und als solche weltberühmt. Charlotte Schmittdiel verstirbt 1874 in Geseke, wo sie vermutlich ihrem Bruder August den Haushalt geführt hat.

Die erste Frauenärztin der Welt
Dr. Charlotte Heidenreich gen. v. Siebold geb.Heiland

Charlotte war das zweite Kind von Josepha und Georg Heiland. Nach dessen Tod erhielt sie in ihrem 6. Lebensjahr einen zweiten Vater, den späteren Amtsarzt in Darmstadt, Dr. Damian Siebold aus der Würzburger Gelehrtenfamilie derer v. Siebold.
Bis zum 17. Lebensjahr boten ihr Lehrer aus Heiligenstadt, Worms und Darmstadt privaten Unterricht. Als sie anfing, die ärztliche Fachbibliothek ihres Vaters zu benutzen, verlegte sie ihr wichtigstes Ziel auf das Erlernen der „Entbindungskunst“. Ihr Vater gab ihr den gewünschten Unterricht und die Mutter, die inzwischen ihre Ausbildung als Gehilfin in einer Entbindungsanstalt des Onkel Elias von Siebold in Würzburg beendet hatte, übernahm es, sie „praktisch am Fantom und nachher an der Natur auszubilden“. Sie bewährte sich als Vertretung ihrer Mutter und ging 1811 reich an theoretischen und praktischen Kenntnissen an die Universität Göttingen. Öffentliche und private Vorlesungen des berühmten

[23] Staatsarchiv Detmold: Geburtsregister der Altstädter Pfarrei des Jahres 1826, Signatur P 1 B Nr. 493

Entbindungsarztes Dr. Osiander ermöglichen es ihr, ihre Fachkenntnisse zu erweitern. „Jeder bewunderte die großen Talente dieses jungen ... Frauenzimmers". 1814 erhielt sie die großherzogliche Genehmigung, die „Geburtshülfe in Darmstadt und Umgebung ausüben zu dürfen." Im gleichen Jahr stellte sie sich der Prüfungskommission. Als Ergebnis der Examens erhielt sie am 12. November 1814 die Niederlassungserlaubnis. Nicht genug damit. 1815 meldet sie sich an der Universität Gießen wegen einer Promotion an. Über den Ablauf gab es verschiedene Meinungen: "Wenn das Fräulein v. Siebold öffentlich disputieren will, so scheint mir, dass wir ihren Wünschen nichts zu entgegnen haben."

Über
Schwangerschaft außerhalb der Gebärmutter
und über eine
Bauchhöhlenschwangerschaft
insbesondere

Bey Gelegenheit
der
am 26ten März 1817. von der medicinischen Facultät
zu Giesen
erhaltenen

Doctor-Würde

in der

Entbindungskunst,

von

M. T. Charlotte Heiland gen. von Siebold

Dr. und ausübenden Geburtshelferin in Darmstadt

Charlottes Mutter hatte bereits 1815 die Ehrendoktorwürde auf Grund ihrer Verdienste in der Geburtshilfe, dem Hebammenunterricht und der Schutzpockenimpfung verliehen bekommen.

Charlottes Erfolge in der Geburtshilfe und bei der Behandlung von Frauenkrankheiten wurden in ganz Europa bekannt. Deshalb wird sie an die Fürstenhöfe gerufen. So verhalf sie der späteren Königin Viktoria ans Licht der Welt. Dort bekam sie zum Dank für ihr erfolgreiches Wirken kostbare Geschenke, die noch heute bei den Nachkommen der Familie Heidenreich und in Archiven erhalten sind.
Mehr als an der Praxis an den Herrscher- und Adelshöfen hing ihr Herz an der bei armen Frauen in Stadt und Land. Zur Verbesserung deren medizinischer Versorgung organisierte sie eine Sammlung zum Ausbau des Darmstädter Bürgerhospitals.
Trotz aller Beliebtheit in allen Schichten der Bevölkerung lernte sie auch Anfeindungen von Kollegen kennen. Diesen trat sie mit aller Entschiedenheit auch öffentlich entgegen.
Im Alter von 41 Jahren verehelichte sich Charlotte 1829 mit dem aus Warburg stammenden Militärarzt Dr. August Heidenreich. Dessen Onkel Leander van Eß vollzog die Trauung. Dem Paar blieben eigene Kinder versagt. So änderte sich im Leben von Frau Dr. Charlotte Heidenreich von Siebold wenig.
Ihre reichen Erfahrungen über die Not der armen Leute und ihre Beziehungen zu den Fürstenhöfen nutzte sie um Verbesserungen zu schaffen. Den Großherzog versuchte sie von der Notwendigkeit eines geburtshilflichen Instituts zu überzeugen, in dem auch „Kinder- und Wartefrauen, junge Mütter und Hebammen" ausgebildet werden könnten.
Bis zu ihrem Tode am 8. Juli 1859 widmete sie sich unermüdlich ihrer Berufung und war damit beispielhaft. Wenige Tage später versammelten sich die Frauen Darmstadts, um die Verstorbene durch eine Stiftung zu ehren: Es entstand die „Heidenreich von Siebold'sche Stiftung zur Unterstützung der armen Wöchnerinnen". Ihr verwitweter Mann Dr. August Heidenreich wurde Mitglied des Verwaltungsrats, bis er 1880 „als großer Wohltäter in Darmstadt verstarb."

B. Körner: Die Würzburger Siebold, S. 134-154

Das letztgeborene Kind ist der Sohn Leander, der abends am 17. Mai 1841 geboren wurde. Er wird erst nach 16 Tagen getauft. Unter der Rubrik „*Name der Taufzeugen*"ist folgendes eingetragen: „*Leander Heidenreich cujus loca Heinrich Schmittdiel*".[24] Leander Heidenreich ist ein Bruder der Mutter. Er ist in Affolterbach Bürgermeister und Landtagsabgeordneter im Hessischen Landtag. Der Vater Heinrich Schmittdiel selber muss ihn vor Ort vertreten.
Leanders Name ist kurze Zeit später in einem weiteren Register zu finden: Leander, des Lehrers Heinrich Schmittdiels eheliches Kind verstirbt mit elf Monaten am 13. April 1842 abends um sieben Uhr. Am 16. April 1842 steht die trauernde Familie mit Pfarrer Willeke an seinem offenen Grab.[25] Dieser Tod ist aber noch nicht genug des schweren Schicksals der Familie Schmittdiel.
Monate später ist der Name Schmittdiel wieder im Sterberegister zu lesen: Theresia Schmittdiel, geb. Heidenreich, Ehefrau, 40 Jahre alt. Sie stirbt am 30. Juli 1842 morgens um vier Uhr an Auszehrung. Pfarrer Willeke setzt die Beerdigung nach ärztlicher Erlaubnis bereits am 2. August 1842 an.[26] Was ist geschehen? Offensichtlich ist sie von einer Krankheit heimgesucht worden, von der sie nicht mehr genesen konnte. Was mag es gewesen sein? Sowohl Schwindsucht oder eine krebs- oder tumorartige Erkrankung kommen in Frage. Ist es eine ansteckende Krankheit oder eine bei der die Verwesung besonders schnell eintrat? Die Toten werden noch in den Häusern aufgebahrt und um sie herum die Totengebete gesprochen. Es ist bestimmt auch nicht leicht gewesen, die Kinder von der toten Mutter fernzuhalten. Der Arzt wird um Hilfe gebeten und er bestätigt die Gefahr.
Sie hinterlässt einen Gatten und fünf minderjährige Kinder, welche, so sie das Erwachsenenalter erreichen, in religiösen Berufen eine bedeutende Karriere machen. Fünf Jahre alt ist Gertrud, als sie die Mutter verliert.

---

[24] Staatarchiv Detmold: Geburtsregister der Altstädter Pfarrei Warburg des Jahres 1842, Signatur P 1 B Nr. 493

[25] Ebd., Sterberegister 1842, Signatur P 1 B Nr. 493

[26] Ebd., Sterberegister 1842, Signatur P 1 B Nr. 493

Schaufenster in die Vergangenheit: Deutschland um 1837

1837 bildeten 35 monarchisch regierte Fürstenstaaten und vier freie Reichsstädte den deutschen Bund. Ihre Vertreter tagten in Frankfurt im Bundestag. Im wesentlichen setzten hier die altständischen Abgeordneten ihre antiliberale Politik durch. Die liberalen Tendenzen brachten zahlreiche Abgeordnete aus dem erstarkten Bürgertum von Westfalen und der Rheinprovinz ein. Weibliche Abgeordnete gab es keine. Alle Hoffnung auf eine positive Weiterentwicklung der Verfassung in Richtung Liberalität und Nationalität wurden enttäuscht. Im Gegenteil wurden durch die zentralen Bundeskompetenzen die liberale und nationale Bewegung abgeblockt.

Der Strom des Neuen ließ sich jedoch nicht eindämmen: weder durch das Universitätsgesetz noch durch das Pressegesetz und auch nicht durch das Untersuchungsgesetz. Im Gegensatz zu der Blockierung der politischen Reifungsprozesse stand das Tempo mit dem sich der Wandel im technischen, wissenschaftlichen, industriellen und kommunikativen Bereich entwickelte. Die sehr verzweigten kulturellen Leistungen und Wandlungen verliefen - getragen und geformt von einem aufsteigenden Bürgertum - zwischen allen Bereichen.
Auch das Leben auf dem Lande veränderte sich. Die Befreiung der Bauern aus Leibeigenschaft und Fronarbeit führte zu einem explosionsartigen Bevölkerungszuwachs, den die traditionelle Landwirtschaft nicht mehr versorgen konnte. Unvorstellbare Armut und Hungersnot brachen aus.
Adel und Bürgertum näherten sich in ihrer Lebensweise und in ihrem kulturellen Ausdruck. Auch der Bauer entwickelte ein neues Selbstwertgefühl. Der Zunftzwang war aufgehoben, die Gewerbefreiheit wurde eingeführt. Die industrielle Revolution begann sich im Spannungsfeld von traditionellem Handwerksbetrieb und großgewerblicher Fabrik zu entwickeln.

1825 wandte sich Goethe an seinen Freund Zelter mit den Worten: „Eigentlich ist es das Jahrhundert mit den fähigen Köpfen, für leicht fassende praktische Menschen, die, mit einer gewissen Gewandtheit ausgestattet, ihre Superiorität über die Menge fühlen, wenn sie gleich selbst nicht zum Höchsten begabt sind.“[27]

---

[27] Goethes sämtliche Werke, Jubiläumsausgabe 20, 1904, S. 190

3. Der Vater: Heinrich Schmittdiel

Heinrich Schmittdiel kommt 1820 nach Warburg

Die bereits im Vorwort genannte Fußnote ist eine Ergänzung dieses Textes: *„Der Nachfolger Eberleins wurde Heinrich Schmittdiel, der nach segensreicher Tätigkeit im Anfang des Jahres 1860 pensioniert wurde und am 8. Januar 1861 im Alter von 65 Jahren starb."*[28]
Gertruds Vater Heinrich Schmittdiel, 1795 geboren, ist der Sohn des Licentiaten Ludwig Schmittdiel aus Neustadt in Hessen und der Margaretha Heidenreich. Er besucht das Gymnasium in Mainz und schließt es mit guten Zeugnissen ab.[29] In Marburg tritt er in das oberhessische Schullehrerseminar ein und folgt dessen zwei- bis dreijähriger Ausbildung. Die Studierenden lernen dort „*Schreiben, Singen und andere gemeinnützige Kenntnisse*" und den praktischen Unterricht.[30] Die Förderung des Elementarunterrichts und der Schullehrerausbildung erkennt Prof. Leander van Eß von der Universität in Marburg als eine wichtige Aufgabe eines Seelsorgers. Deshalb lässt er sich 1812 als katholischer Mitdirektor bestellen, erteilt katholischen Religionsunterricht und führt in die Anfänge der lateinischen Sprache ein.
Nach Studien am Lehrerseminar in Marburg erhält Heinrich Schmittdiel vom dortigen Professor van Eß ein Empfehlungsschreiben für eine Lehrerstelle und kommt damit nach Warburg, um hier als Lehrer an der staatlichen Schule oder als Privatlehrer sein Auskommen zu finden.
In der Stammtafel der Familie van Eß in Warburg findet sich ein

„Johann Heinrich van Eß
Ordinarius Leander
Prof. theol. Marburg
geb. 1772 – gest. 1847"[31]

---

[28] L. Hagemann: Geschichte und Beschreibung der beiden kath. Pfarreien in Warburg, S. 82
[29] A. Wiegard: Das Schulwesen der Stadt Warburg in fürstbischöflicher Zeit, S. 146
[30] J. Altenberend: Leander van Eß, S. 196
[31] F. Heidenreich: Warburger Stammtafeln, Teil 1: Text; Teil 2: Stammtafeln

Dieser erarbeitet zusammen mit seinem Vetter Johann Peter van Eß, dem Benediktinerpater Karl und Prior im Kloster Huysburg eine Bibelübersetzung. Der Bruder des letzteren ist Anton Friedrich van Eß, ein Dr. med. in Warburg (1780 – 1844). Ein weiterer Bruder ist Johann Martin van Eß, ein Kaufmann und Stadtrat in der Warburger Altstadt (1775 – 1837).

Wanderer zwischen den Welten:
Der Bibelübersetzer Leander van Eß (1772 – 1847)

Als viertes von elf Kindern wuchs der am 15. Februar 1772 geborene Johann Heinrich van Eß in Warburg auf. Sein Vater betrieb dort ein kleines Handelsgeschäft, das mit den Jahren mehr und mehr florierte. Zum gehobenen kleinstädtischen Mittelstand gehörend, bekleidete der Vater zudem verantwortliche Stellungen in Stadt und Kirche. Der Sohn begleitete den Vater bei seinen Geschäftsreisen und lernte von ihm kaufmännisches Denken und Handeln. Die Bindung der Familie zur Kirche war sehr eng und von tiefer Religiosität geprägt. Von 1785 an – so wird überliefert – besuchte der junge Johann die Schule des Dominikanerklosters in Warburg, wo der überdurchschnittlich begabte und fleißige Schüler eine guten Ruf genoss. Im Sommer 1790 verließ der junge Johann Heinrich sein Elternhaus und Warburg und begann im Benediktinerkloster Marienmünster im Fürstbistum Paderborn sein Noviziat. Unter dem Namen „Leander" legte er sodann sein ewiges Gelübde ab und wurde im Jahr 1796 zum Priester geweiht.
Nach der Säkularisation kam er 1802 als Pfarrer nach Schwalenberg (Lippe). Dort ordnete er die Messfeier neu, ermunterte die Gemeinde zu aktiver Mitgestaltung, sprach sich gegen den Pflichtzölibat und das Verbot konfessionsverschiedener Ehen aus. Barocke Formen katholischer Frömmigkeit bedeuteten ihm wenig. In Schwalenberg fand er überdies Zeit und Muße für Übersetzung, Druck und Verbreitung der Bibel, seinem Lieblingsbuch. Die Bibel sollte nach den Vorstellungen des aufklärerisch denkenden van Eß „Volksbuch" aller Katholiken werden und vor allem christliche Heilswahrheiten vermitteln. Er vertiefte seine Kenntnisse in den bibli-

schen Sprachen und übersetzte zusammen mit seinem Vetter Karl van Eß erste Bücher des Neuen Testaments.
Im Jahr 1812 wurde er als außerordentlicher Professor der Theologie Mitdirektor des Schullehrerseminars in Marburg (Lahn). Dort übernahm er den katholischen Religionsunterricht und lehrte die Seminaristen – darunter dem Lehramtskandidaten Johann Heinrich Schmittdiel - die lateinische Sprache.
Zu diesem Zeitpunkt hatte seine Bibelübersetzung schon eine ungeheure Verbreitung gefunden: Das 1807 herausgegebene Neue Testament war in der ersten Hälfte des 19. Jahrhunderts die meistgelesene katholische Übersetzung im deutschsprachigen Raum.

Schon in den Jahren davor war van Eß auf Distanz zur damals vorherrschenden „ultramontanen" Haltung der katholischen Kirche gegangen. Eine Haltung, die sich in einer streng päpstlichen Gesinnung im politischen Katholizismus widerspiegelte. Diese Ultramontanisierung, den Anspruch der katholischen Kirche auf das Heilsmonopol und auch die Unantastbarkeit der „Vulgata" – der seit dem 8. Jahrhundert als verbindlich geltenden Bibelübersetzung - kritisierte van Eß auf das Heftigste. In all seinen Einschätzungen und Lehrmeinungen fühlte er sich sowohl bei katholischen Reformern als auch bei evangelikalen Missionaren beheimatet – ein Beweis für die innere Widersprüchlichkeit des Theologen.
Die Organisations- und Koordinationsaufgaben in den ausländischen Bibelgesellschaften, für die van Eß bis 1829 als Agent agierte, waren zeitaufwändig und kräftezehrend. Deshalb gab van Eß schon bald seine seelsorgerlichen Pflichten auf. Parallel dazu verlor für ihn die konfessionelle Bindung an die römisch-katholische Institution an Bedeutung und deshalb suchte er Anschluss an die grenz- und konfessionsübergreifende Bibelbewegung. 1822 legte er all seine Ämter nieder und lebte sodann als Privatgelehrter in Darmstadt, Alzey (Rheinhessen) und an anderen Orten.
Trotz aller Mühen war der Verbreitung der Bibel nur ein kurzfristiger Erfolg beschieden, unter anderem auch wegen Verbotsmaßnahmen einzelner Diözesen gegen das Bibellesen. Zudem wurde van Eß von ultramontanen Geistlichen als radikaler Aufklärer und Revo-

lutionär diffamiert und seine Übersetzungen kamen auf den Index verbotener Bücher. Dennoch erschien 1840 in Sulzbach die Übersetzung der Gesamtausgabe der Bibel in drei Teilen.
Mittlerweile hatten auch die protestantischen Bibelgesellschaften ihren Einfluss verloren. Der gesundheitlich geschwächte van Eß brach den Kontakt zu ehemaligen Vertrauten ab und zog sich nicht zuletzt wegen des überraschenden Todes seiner langjährigen Lebensgefährtin Elise von Elliot aus der Öffentlichkeit zurück. Seine letzten Lebensjahre verbrachte der Bibelübersetzer zunächst mit seinem Neffen Leander Heidenreich auf einem Gut in Alzey. Nach der Heirat des Neffen und dem Verkauf des Gutes wurde van Eß in Affolterbach (Wald-Michelbach) weiter von der Familie Heidenreich versorgt und starb am 13. Oktober 1847 an Altersschwäche.
Fast ein Jahrhundert lang verschwand die Vorstellung von der Nützlichkeit des individuellen Bibellesens. Erst Anfang des 20. Jahrhunderts mahnten Theologen dieses Versäumnis an. Der Bibelforscher, dem Experten viele Verdienste um die Una Sancta zubilligten, wurde zwar offiziell nicht rehabilitiert, seine Übersetzung jedoch aus dem Index gestrichen.
Mit der Herausgabe der Einheitsübersetzung im Jahr 1979 wurde schließlich das erreicht, was Leander van Eß mit seinem Vetter Carl 1807 in Schwalenberg begonnen hatte: eine Bibel für alle Christen.[32]

Auf Ansuchen des Altstädter Pfarrers bei der Stadtverwaltung wird Heinrich Schmittdiel an der Elementarschule in Warburg beschäftigt. Er beginnt seine Tätigkeit als ein *„vortrefflicher Gehülfe“* des Lehrers Eberlein. Dieser wohnt noch im Schulsaal. Nach dessen Pensionierung verwenden sich zahlreiche Bürger der Altstadt bei der Regierung, diese möge seinen *„Gehülfen“* Schmittdiel zum Nachfolger ernennen. Pfarrer Köhler aus der Altstadt empfiehlt ihn dringend.[33]
Schließlich präsentiert ihm der Magistrat folgendes Angebot: Heinrich Schmittdiel solle für seine Arbeit aus der Kämmereikasse 160 Taler

[32] J. Altenberend: Leander van Eß
[33] L. Hagemann: Geschichte und Beschreibung der beiden kath. Pfarreien in Warburg, S. 82

Gehalt erhalten, wogegen diese das Schulgeld bei den Schülereltern einzöge. Außerdem solle ihm freie Wohnung und sechs Fuder Holz im Jahr gestellt werden. Ab Ostern 1822 bekäme er den Organistendienst übertragen.[34]

Welche zusätzlichen Einnahmen für einen Lehrer damals noch möglich sind, ist aus folgendem zum Vergleich zu erkennen: Als 1823 für die Neustädter Klasse ein neuer Lehrer eingestellt wird, erhielt dieser „*neben seinem Gehalt als Organist 35 Taler 30 Kreuzer, für Orgelbegleitung bei Seelenmessen usw. 5 Taler, für Klavierunterricht ca. 25 Taler. Zusätzlich konnte er bei Sterbefällen, durch Namenstagsgelder und Neujahrsgeschenken*" etwas dazu bekommen.[35]

Heinrich Schmittdiel erhält die Stelle zunächst ohne Zustimmung der preußischen Behörden. Die Prüfung muss er jedoch in Minden nachholen. Es werden ihm gute Kenntnisse in der deutschen Sprachlehre bescheinigt. „*Die Kenntnisse in der Religions- und Sittenlehre seien mitunter ‚mangelhaft und oberflächlich', allerdings könne er das Wahre in diesem Fach mit Wärme auffassen und es angemessen wiedergeben.*" Inhalte der biblischen Geschichte weiß er gut zu erzählen. Das Rechnen reiche aus. Mit Geographie und Geschichte hat sich der Kandidat in seiner Ausbildung nicht beschäftigen müssen. Immerhin wird deutlich, dass die Prüfungskommission den religiösen Einfluss des Marburger Professors van Eß auf die Seminaristen richtig erkennt. „*Es geht weniger um die Vermittlung von theologischem Wissen als vielmehr um die mit Herz und Gemüt vermittelte Einführung in Zentralaspekte des christlichen Glaubens.*"[36]

Diese außerordentlichen, von der Prüfungskommission hervorgehobenen Fähigkeiten finden sich bei seiner Tochter Gertrud in ihrem Lehrerinnenzeugnis in der Note „*gut*" im Prüfungsfach „*Biblische Geschichten*" ebenso wie „*recht gut*" in den Fächern der „*deutschen Sprache*" und ebenso wie bei seinem Sohn August wieder. Letzterer verfasst Bücher mit erzählten biblischen und Katechismus-Geschichten. Geistliche und weltliche Kritiker finden sie so wertvoll, dass sie darüber Buchbesprechungen in Zeitungen veröffentlichen:

---

[34] W. Richter: Das Volksschulwesen der Stadt Warburg, in: Westfälische Zeitschrift, S. 152 ff

[35] Ebd., S. 153

[36] J. Altenberend: Leander van Eß, S. 196-197

„In diesem Buch bietet uns der hochwürdige Verfasser einen wirklichen Katechismus in erzählender Form. Die letztere macht den Katechismus dem Schüler um vieles interessanter und bewirkt, daß er den Inhalt sich ungleich leichter einprägt. ... Ganz besonders geeignet erscheint das Buch als Geschenk und Andenken für die Jugend, sei es zu Weihnachten oder gelegentlich der ersten hl. Kommunion oder der Entlassung aus der Schule."[37]

Nachdem Schmittdiel sich also in Minden, dem damaligen Sitz der Schulbehörde, mit guten Erfolg einer Prüfung unterzogen hat, wird er Mitte Mai 1821 als erster Lehrer provisorisch angestellt. Er ist 22 Jahre alt, unterrichtet die Oberklasse und bereitet einen Teil der Schüler auf das Progymnasium vor, in dem er sie in die Anfänge der lateinischen Sprache einführt. Dieser Unterricht heißt Silentium. Einer seiner Schüler berichtet aus seiner Schulzeit folgendes:

„Vorlagen zum Schönschreiben oder Hefte, in denen Buchstaben vorgedruckt waren, gab es noch nicht. Der Lehrer schrieb die Buchstaben in seiner schönen Handschrift an die Tafel. Wir mußten sie nachschreiben.
Das Rechtschreiben wurde uns dadurch beigebracht, daß der Lehrer aus einer alten Naturgeschichte, Abteilung für Mineralien, uns einen Absatz mit absichtlich vielen orthographischen Fehlern an die Tafel schrieb. Wir mußten diesen fehlerfrei in unser Heft schreiben.
Während des Unterrichts war der Lehrer obendrein noch die meiste Zeit mit Anschneiden von Gänsefedern beschäftigt, einer Arbeit die auch seine kurze Mittagspause ausfüllte. Die Gänse, welche damals von allen Bürgern gehalten wurden, lieferten die Schreibfedern.
Die Überfüllung der Elementarschulen war all zu groß, der beste Lehrer konnte den Anforderungen nicht gerecht werden."[38]

---

[37] Westfälischer Volksfreund, Hamm 1899, Nr. 146

[38] I. Weingärtner: Aus meiner Vaterstadt, Jugenderinnerungen, Kreisblatt S. 14 ff

[illegible] 7 [illegible]

[illegible] 10/10 32
8211

Sie erhalten hierbei die Ernennungs-Urkunde über die definitive Anstellung des bisherigen provisorischen 1ten Lehrers an dortiger katholischer Knaben-Schule, Heinrich Schmiedtdiel mit dem Auftrage, dessen Verpflichtung, die aus den hiesigen Akten nicht erhellt, zu veranlassen, und demselben jene Urkunde auf einem angemessenen Akt einzuhändigen, die darüber aufgenommenen Verhandlungen aber binnen 14 Tagen einzureichen. Die Gebühren

für 59 Thlr. [illegible] [illegible] sind mit Einem Thaler 15 Sgr. [illegible] [illegible]
Auslagen [illegible] [illegible].
unter No. 1231

Übrigens haben Sie den Schulvorstand [illegible] [illegible]

[illegible] (wie schon früher mündlich durch unsern [illegible]

[illegible] [illegible]) anzuweisen, dafür zu sorgen, daß die Abtheilung

[illegible] [illegible] Knabenschulen gleichmäßiger gestellt und daß der

No. 1231 Schmiedtdiel dem Unterrichte der [illegible] zum

[illegible] [illegible] nicht zu viel Zeit widme.

Minden den 26. September 1831.
Königlich Preußische Regierung
Abtheilung des Innern.
[illegible]

An
den Herrn Landrath [illegible]
zu
Warburg

[illegible]

Definitive Anstellung des Lehrers Heinrich Schmittdiel im Jahre 1831
Stadtarchiv Warburg Urkunde Nr. 8211

Heinrich Schmittdiel wird als *„vortrefflicher Lehrer"* geschätzt. Die Stadtregierung beantragt für ihn im Dezember 1827 beim Ministerium eine Zulage von zehn Talern mit folgender Begründung: Er habe sein Amt *„mit ausgezeichnetem Fleiße und bestem Erfolge"* verwaltet. Das Ministerium bewilligt ihm die Zulage, und zwar mit rückwirkender Kraft vom Tage seiner provisorischen Anstellung an. 1831 erhält er seine definitive Anstellung, wie aus den folgenden Urkunden ersichtlich ist.

Übertragung des Urkundentextes vom 26. Sept. 1831

Sie erhalten hiermit die Ernennungs-Urkunde über die definitive Anstellung des bisherigen preußischen 1.ten Lehrers an dortiger katholischer Knabenschule, Heinrich Schmittdiel, mit dem Auftrage, dessen Verpflichtung, die in den hiesigen Akten nicht vorliegt, zu veranlassen und demselben jene Urkunde auf eine angemessene Art auszuhändigen, die darüber aufgenommenen Verhandlungen aber binnen 14 Tagen einzureichen: Die Gebühren dafür sind mit einem Thaler 15 Sgr. hierbei eingezogen worden.
Übrigens haben sie den Schulvorstand nochmals schriftlich (wie schon früher mündlich durch unser Präsidium geschehen) anzuweisen, dafür zu sorgen, dass die Abtheilung der Knabenklassen gleichmäßiger geteilt und dass der pp. Schmittdiel dem Unterricht der Vorbereitungsklasse zum Gymnasium nicht zu viel Zeit widmet.

Minden, den 26. Sept. 1831
Königlich Preußische Regierung-
Abteilung des Inneren
Beritzsch

An
den Landrat Hiddessen
zu
Warburg

1838 hatte die erste Klasse 81, die zweite Klasse 102 Schüler. Seit 1822 hatten die Altstadt und die Neustadt ein gemeinschaftliches Schulsystem für die Knaben. Zwei Schullokale wurden in den untersten Räumen des ehemaligen Dominikanerklosters eingerichtet. Davon berichtet derselbe Schüler:

„Wenn man die letzte Treppe herunterkam, war gleich rechts in dem großen Zimmer die große Schule unter dem Lehrer Schmittdiel, links die kleine Schule unter Lehrer Schrader. Sie hatten wahrlich ihre Last. Aber Ordnung hielten sie und Respekt hatten wir vor ihnen.

Die Kleinen bestanden nicht lediglich aus Anfängern. Schwach begabte Schüler blieben leicht ganz zurück. Bei den armen Kindern fehlte bald ein Schreibheft, bald ein Buch, bald war von der Tafel nur noch ein Stück vorhanden.

Lehrer Schrader, der „kleine Lehrer“ brachte seine Schüler so weit, daß sie die Prüfung für die Sexta bestehen konnten.. Diejenigen Schüler aber, welche nicht ganz früh oder gar nicht aufs Gymnasium wollten, kamen noch auf die große Schule zu Lehrer Schmittdiel.[39]

In dieser Zeit besteht schon Schulpflicht. Wer den Unterricht versäumt, zahlt täglich einen Silbergroschen. So haben es die Lehrer jedoch nicht gehandhabt, sondern: *„Doch der Schulzwang wurde anfangs nicht so streng gehandhabt. Wenn z. B. zu Hause geschlachtet wurde, besuchte natürlich kein Kind die Schule. Aus dieser Zeit stehen die beiden Lehrer Schmittdiel und Schrader noch im besten Andenken..“*[40]

In den Jahren von 1846 bis 1848 erhält der Lehrer Heinrich Schmittdiel für seine Organistentätigkeit Grundstücke. Dies ist in Urkunden des Pfarrarchivs der Altstadt belegt.

---

[39] Ebd., S. 14 ff

[40] Ebd., S. 14 ff

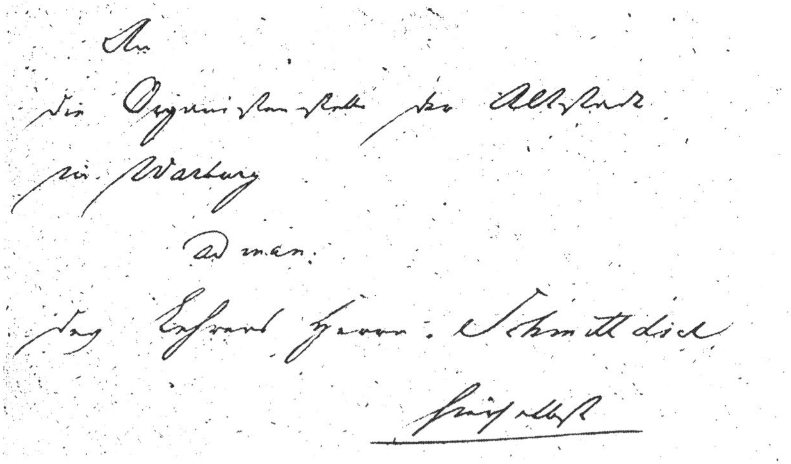

Ausschnitt aus einer Urkunde des Pfarrarchivs.
Entschädigung für den Organistendienst[41]

Im Jahr 1848 spielt Heinrich Schmittdiel eine gewisse Rolle in der Lehrerschaft Warburgs. Das Streitthema geht um den Wegfall des kirchlichen Einflusses auf das Schulwesen. Die kirchliche Seite verteidigt ihre bisherigen Rechte gegenüber der Lehrerschaft: *„Wir wünschen den Lehrern gern eine Besserung ihrer Stellung und ihres Einkommens und tadeln ihnen dieses nicht... aber wir glauben, daß dieselben zur Entscheidung solcher eigentlicher Lebensfragen wie die Stellung der Schule zur Kirche, durchaus nicht berechtigt sind.“*[42] Der geistliche Schulinspektor Peine berichtet am 14. September: *„Die Erklärung des Lehrers Schmittdiel in Warburg wird das Vikariat nicht genügend finden.“*[43] Es fordert die staatlichen Stellen auf, dem Lehrer Weißenbach zu eröffnen: *„...dies als eine Penitenz gegen die kirchliche Autorität, welcher er als Religionslehrer unzweifelhaft unterworfen ist, ansehen und uns genötigt sehen würden, Maßregeln gegen*

[41] Urkunde des Pfarrarchivs der Altstädter Pfarrei in Warburg
[42] Münstersches Sonntagsblatt, Juli 1848 Nr. 29
[43] W. Richter: Beiträge zur Geschichte des Paderborner Volksschulwesens im 19. Jahrhundert, S. 415

ihn zu veranlassen, welche ihm sehr unangenehm sein dürften.“[44] Diese ganzen Vorgänge hinterlassen in den Lehrern ein Gefühl der Bitterkeit.[45]

Von 1821 bis zu seiner Pensionierung wirkt Heinrich Schmittdiel als erster Lehrer an der katholischen Knabenschule in der Stadt Warburg. Seit seiner ersten Verheiratung 1823 wohnt er mit seiner Familie in einer Lehrerwohnung „Am Ikenberg“, dem ehemaligen Hilsmann'schen Hause, der heutigen Gaststätte „Zur Alm“.

Ehemaliges Haus Schmittdiel ‚Am Ikenberg‘, heute Gaststätte ‚Zur Alm‘
Aufnahme von Marianne Heczko

[44] Ebd., S. 415
[45] Ebd., S. 416

Heinrich Schmittdiel gründet 1823 eine Familie und heiratet Theresia Hönervogt in erster Ehe

Inzwischen 28 Jahre alt geworden und mit einer festen Anstellung an der Knabenschule der Stadt Warburg heiratet Heinrich Schmittdiel 1823 in erster Ehe Theresia Hönervogt. Sie ist am 8. Mai 1801 geboren und ca. 22 Jahre alt. Die kirchliche Trauung findet am 16. Mai 1823 in der Altstädter Kirche statt.[46] Sie stammt aus einer alteingesessenen Ratsfamilie der Altstadt. Der Vater der Braut ist der Sattler Edmund Hönervogt, von Beruf auch Logie- und Schankwirt und Bierbrauer. Sein Sohn Carl ist Besitzer der Steinmühle. Dessen Enkel August, Johannes und deren Schwester Elisabeth bleiben ledig. Mit ihnen erlischt der Name Hönervogt in Warburg.[47]
Alte Warburger schwärmen noch heute von der Mühle an der Diemel und dem großen Mühlenrad. Die Maler der Stadt hätten häufig da gesessen und die Mühle und ihre Umgebung mit Farbstiften und Pinsel auf Papier festgehalten. Auch von den drei ledigen Hönervogts wird erzählt: "*Obwohl sie zu den Vermögenden zu zählen waren, lebten sie einfach und sparsam. Fleißig arbeiteten sie von früh bis spät. Abends saßen sie auf ihrem Ledersofa in der Stube und rauchten ihre Zigarre.*" Manch einer erzählt heute, wie sie ihm mit günstigem Holz halfen und immer entgegenkommend und freundlich gewesen seien. Fleißig gingen sie in die Kirche. „*Aber was konnte man in Warburg auch damals sonst noch unternehmen,*" wird schmunzelnd bemerkt.
Als das Ehepaar Schmittdiel gerade einen Monat lang verheiratet ist, stirbt am 17. Juni Vater Edmund Hönervogt. Im Dezember des nächsten Jahres wird das erste Kind geboren. Es ist Adolph. Das nächste Jahr ist wieder ein Sterbejahr. Es ist die junge Frau selber. Am 11. Oktober 1824 verstirbt Theresia Schmittdiel mit 23 Jahren im „*Kindbette*" und hinterlässt „*einen Gatten und ein unversorgtes Kind*".[48]

---

[46] Staatsarchiv Detmold: Heiratsregister der Altstadtpfarrei Warburg des Jahres 1823
[47] F. Heidenreich: Warburger Stammtafeln, Teil 1: Text; Teil 2: Stammtafeln 117-118
[48] Staatsarchiv Detmold: Sterberegister der Altstadtpfarrei Warburg des Jahres 1824

Nro.	Vor- und Zuname des Bräutigams	Stand und Wohnort des Brautpaars	Alter des Bräutigams	Ob Eltern des Bräutigams noch leben	Ob er schon verheiratet	Vor- und Zuname der Braut	Vor- und Zuname, Stand und Wohnort der Eltern der Braut	Alter der Braut	Ob Eltern der Braut eingewilligt	Ob ihr schon verheiratet	Tag der Copulation in Buchstaben und Zahlen	Name des Predigers, der die Copulation verrichtet
6.	Heinrich Schmittdiel	Branntweinbrenner [illegible] in Neustadt	28	Die Mutter mündlich	Nein	Theresia Hönervogt	[illegible] Edmund Hönervogt in Marburg	24	Die Eltern mündlich	Nein	16ten May 1823	Pastor Köhler

Gestorbene im Jahre 1842 im Monat

№	Vor- und Zunamen des Verstorbenen (bei Kindern auch Namen und Stand des Vaters).	Stand des Verstorbenen.	Alter: Jahre	Monate	Tage	Ob der Verstorbene einen Gatten, oder majorenne oder minorenne Kinder hinterlassen.	Tag und Stunde des Todes in Buchstaben und Zahlen.	Krankheit, woran er gestorben.	Welchem Geistlichen der Tod angezeigt worden und wie er sich überzeugt, daß der Verstorbene wirklich verstorben, wofür er ausgegeben worden.	Tag des Begräbnisses.	Kirchhof, wohin er begraben worden.
23.	Theresia Schmittdiel geborene Heidenreich	Ehefrau	40			Gatten [illegible]	[illegible] Juli [illegible]	[illegible]	Demselben	2 August	[illegible]

13. Heinrich Schmiddiel Lehrer | Ludwig Heidenreich Schmiddiel Margaretha Heidenreich in Neustadt bei Marburg | 48 J. | [illegible] L. u. B. [illegible] | zu Maria Heidenreich | Joseph Heidenreich [illegible] Anna Maria van Eck [illegible] | 25 J.

Heiratsurkunde: 1. Ehe mit Theresia Hönervogt vom 16ten May 1823
2. Ehe mit Theresia Heidenreich; Sterbeurkunde im Jahre 1842
Heiratsurkunde: 3. Ehe mit Maria Heidenreich

Heinrich Schmittdiel heiratet 1825 Therese Heidenreich in zweiter Ehe

Die Trauung findet am 24. Juni 1825 statt. Maria Theresia Elisabeth ist 1806 geboren und zum Zeitpunkt der Verheiratung ca. 19 Jahre alt. Sie ist die Mutter Gertruds. Ihre Mutter ist Elisabeth, geb. van Eß. Sie stirbt am 30 Juli 1842 an Auszehrung und hinterlässt fünf minderjährige Kinder.[49]

Heinrich Schmittdiel heiratet 1843 deren Schwester Maria Heidenreich in dritter Ehe

Nach elf Monaten findet die kirchliche Trauung in der Altstädter Kirche durch Pfarrer Willeke statt. Heinrich Schmittdiel ist 48jährig und seine Braut 25 Jahre alt. Vermutlich hat sie einige Zeit im Hause der verwandten Frauenärztin Charlotte Heidenreich von Siebold verbracht und dabei eine weniger religiös orientierte und stärker lebenspraktisch fundierte Lebenseinstellung gewonnen.
Nochmals werden sieben Kinder geboren. Das Erste ist Joseph, der am 21. August 1844 abends um 9 Uhr auf die Welt kommt. Sein Taufpate ist Joseph Heidenreich.[50] Joseph wird später Kaufmann in Dortmund. Auch er teilt das Schicksal des Vaters. Zwei Frauen muss er zu Grabe tragen, die ihm jeweils ein Kind hinterlassen. Maria ist, 1846 geboren, das zweite Kind. Sie heiratet Heinrich Bolte, einen Gerichtschreiber in Bocholt. 1850 wird Ignaz geboren. Auch er wird Kaufmann, aber in Hildesheim. Anton kommt 1852 auf die Welt. Er wird Geometer und Landvermesser in Altenkirchen im Westerwald. 1856 wird Franz geboren. Er lässt sich als Direktor des Katasteramts in Warendorf nieder. Seine Stiefschwester Gertrud wird er kurz vor ihrem Tode im Jahre 1917 zum letzten Mal besuchen. Die nächsten zwei Kinder sterben jung. [51]
Es fällt schon auf, dass mehr Kinder von Maria Schmittdiel die Kindheit überleben und diese dann das Erwachsenenalter erreichen, eine

---

[49] Ebd., 1842, Signatur P 1 B Nr. 493
[50] Staatsarchiv Detmold: Geburtsregister der Altstädter Pfarrei Warburg 1844, Signatur P 1 B Nr. 493
[51] F. Heidenreich: Warburger Stammtafeln, Teil 1: Text; Teil 2: Stammtafeln 255-256

Familie gründen und insgesamt für 16 Enkel und Enkelinnen verantwortlich sind. In ihren Berufen sind sie nicht geistlich orientiert. Vermutlich haben sie kein Studium absolviert, sondern sind nach einer Lehre einer praxis-orientierten Ausbildung gefolgt.
Unter den Enkeln sind Juristen, Ärzte, Kaufleute in Saarbrücken, Gleiwitz, Düsseldorf und in Indien, ein Rektor und ein Katasteramtsdirektor. Fünf Enkel heiraten nicht. Diese sind ein Kaufmann in Indien und einer in Gleiwitz. Zwei Enkelinnen treten ins Kloster ein. Johanna schließt sich bei den Schwestern der christlichen Liebe an. Helene geht zu den Ursulinenschwestern. Elisabeth ist Lehrerin in Hildesheim. 15 Urenkel sind in den Stammtafeln verzeichnet. Keines der Kinder oder Enkel ist in Warburg geblieben. Der Name Schmittdiel ist in Warburg erloschen.

HEINRICH SCHMITTDIEL STIRBT 1861

Ganz kurz nach seiner Pensionierung stirbt er am 8. Januar 1861.[52] Sein Leben war Arbeit, Mühe und Sorge für die große Familie. So ähnlich könnte auch sein Testament gelautet haben:

„... Nun meine geliebten Kinder, wenn der Tag meiner Auflösung herannahet, und ich nicht mehr vermögend sein sollte, Euch ein freundliches Lebewohl zu sagen, so werde ich euch dieses in meinem Geiste darbringen. Meine Trennung von euch beweinet nicht zu sehr, aber um so mehr bitte ich euch, dass Ihr mich in gutem Andenken behaltet und für die Ruhe meiner und Eurer Mutter Seele bethet; wir sind alle Sünder und bedürfen das den lieben Gott versöhnende Gebeth.
Zugleich ermahne ich Euch, geliebte Kinder, haltet Frieden miteinander und nehmet mit Dank meine Nachlassenschaft an, wenn nun auch diese nicht groß ist, so übergebe ich Euch diese (erworben ohne allen Betrug und Wucher!).
In eben diesem Sinne machet davon ähnlichen Gebrauch. Schließlich empfehle ich Euch noch, bleibet Eurer Religion getreu und haltet den lieben Gott vor Augen:

[52] L. Hagemann: Geschichte und Beschreibung der beiden kath. Pfarreien in Warburg, S. 82

Kommen Schicksale über Euch, so betraget Euch darin standhaft, so wird es mit Euch besser werden. Übrigens seid munter und fröhlichen Herzens und erfreuet dieses Euch in dem lieben Gott.

Gelobet sei die allerheiligste Dreifaltigkeit. Amen.

Warburg, den 14. November 1844

Peter Anton Koch"[53]

Die Witwe Maria Schmittdiel ist in ihrem 43. Lebensjahr und in ihrem 18. Ehejahr. Die Kinder der Schwester sind versorgt. Ihre eigenen sind noch jung. Franz ist fünf Jahre alt, Anton neun, Ignatz elf, Maria 15 und Joseph 17 Jahre alt. Von den Kindern der Schwester ist August 30 Jahre alt und seit dem 22. August 1860 Kaplan in Herstelle an der Weser.

August Schmittdiel (1831 – 1909)

Nachruf zum Tod von August Schmittdiel am 8. Februar 1909 in der Geseker Zeitung: „Am Sonntagnachmittag verschied nach längerem Leiden der hochwürdige Herr Kanonikus Augustin Schmittdiel. Der Verewigte wurde geboren zu Warburg am 3. Februar 1831. Zum Priester geweiht am 5. April 1854, war er bis Ostern 1857 Vikar in Bigge, alsdann 3 ½ Jahre Dirigent an der Rektoratschule in Wiedenbrück und fernerhin 7 Jahre Kaplan in Herstelle. Am 7. Februar 1867 wurde er Kanonikus in Geseke, und nach genau 42 Jahren, am 7. Februar 1909, hat ihn der Herr des Weinberges zu sich gerufen aus einer rastlosen und gewissenhaften Arbeit. Mit mehr als gewöhnlichen Geistesanlagen verband der Verstorbene Herzenseigenschaften, die es ihm ermöglicht haben, in seinem ganzen Leben keinen Feind, ja keinen Gegner zu finden. Nicht ohne Betätigung in der

[53] Privatbesitz Frau Kalthoff in Warburg

Wissenschaft wie in den schönen Künsten hat er bei seltener Einfachheit und Bescheidenheit besonders in Seelsorge und Schule eine stille aber wahrhaft segensreiche Wirksamkeit entfaltet. Daher die ungeteilte Hochschätzung und Liebe, die ihm allgemein zuteil wurde und über das Grab hinaus bewahrt bleiben wird. R.i.P."
50 Jahre später ist sein Andenken noch in lebendiger Erinnerung:

- Die Geseker Zeitung würdigt sein literarisches Schaffen so und zitiert: „Augustin Schmittdiel hat sich als Schriftsteller und Dichter einen ehrenvollen Namen erworben und ist weithin bekannt geworden. Seit 25 Jahren lieferte uns seine gewandte Feder eine große Anzahl hervorragender Bücher, manche von ihnen veröffentlichte er unter dem Pseudonym Ernst Faler. Von seinen Schriften sind am bekanntesten: Getreu bis in den Tod (Erzählung); Blatt, Dorn und Blumen (Betrachtungen); Legende des hl. Cyriakus (Gedicht); Spruchband das Jahr entlang (Sinngedichte); Samstagslehre (Zwei Bände, Evangelium- und Gottesdiensterklärungen); Nicht wahr und doch wahr (Fabeln); Sternlegenden; Der Friedhof (Gedicht); Kirchhofsandacht; Kindermärchen; Betrachtender Kommentar zur Nachfolge Christi des Thomas von Kempen; ... Manche von diesen Büchern sind sehr verbreitet und werden fleißig und gern benutzt. Aus allen spricht große Gelehrsamkeit und kindliche Frömmigkeit."
- Der Heimatverein Geseke organisierte einen Schmittdiel-Abend:

„ ... den Spuren des Dichters und Komponisten Schmittdiels nachgegangen und hat das Material beigebracht, das Zeugnis ablegt, welch ein bedeutender und guter Mensch, großer Dichter und Komponist still und bescheiden in den Mauern unserer Stadt geweilt hat. Seine hochdeutschen und plattdeutschen Gedichte voll sprachlicher Schönheit, von Herzen kommend und zum Herzen gehend und seine bedeutenden Kompositionen, Hymnen an den Schöpfer, jubilierend und klangschön, nehmen jeden gefangen. Dabei atmet alles, was dieses verborgene Genie geschaffen hat, stille Demut und Bescheidenheit, entbehrt aber nicht der Lebensfreude und ist diktiert von der Liebe zu Gott. Aber nicht nur kirchli-

[54] Geseker Zeitung vom 5. Februar 1859 und Nr. 18

che Lieder und Gesänge schuf Kanonikus Schmittdiel, seine weltlichen Lieder und Melodien sind voller Anmut und liebenswürdiger Schalkhaftigkeit, die das Leben aus gläubigem Herzen bejaht."

- Noch 1959 werden seine Lieder beim Geseker Lobetag und in der Schützenbruderschaft gesungen.
- Sein Grab ist auf dem Friedhof 1959 noch erhalten.
- 1958 wurde ein Straße in Geseke „Schmittdiel-Straße" benannt.[54]

Gertrud ist 24 Jahre alt Sie ist seit zwei Jahren bei den Schwestern der christlichen Liebe in Paderborn. Zu dieser Zeit ist sie in Solingen eingesetzt und leitet dort die zweite Elementarklasse. Ordensfrauen durften zur damaligen Zeit an einer Beerdigung nicht teilnehmen. Deshalb kann angenommen werden, dass Gertrud an der Beerdigung des Vaters nicht teilgenommen hat.
Wie ist die Lehrerswitwe versorgt? Muss sie die Dienstwohnung verlassen? Bei den Gebrüdern Grimm äußert sich die Mutter nach dem Tode des Ehemannes in diesem Sinne: Außer dem persönlichen, menschlichen und finanziellen Verlust bedeutet der Tod des Mannes auch einen gravierenden sozialen Verlust.[55]

DIE WITWE MARIA SCHMITTDIEL STIRBT IM JAHRE 1882 IM ALTER VON 64 JAHREN IN DORTMUND[56]

Es sind 21 Jahre seit dem Tod ihres Ehemanns vergangen. Vielleicht hat sie in Dortmund bei ihrem Sohn Franz die letzten Lebensjahre verbracht und ist dort beerdigt. August ist zu dieser Zeit Kanonikus in Geseke und könnte die Trauerfeierlichkeiten geleitet haben.
Gertrud, deren Klostername Schwester Philomena ist, weilt in Nordamerika und übernimmt in diesen Tagen die Leitung der nordamerikanischen Provinz der Genossenschaft der Schwestern der christlichen Liebe. Sie kann am Tod der Tante und Stiefmutter nur von Ferne Anteil nehmen.

---

[55] Brüder Grimm Museum, Kassel
[56] F. Heidenreich: Warburger Stammtafeln, Teil 1: Text; Teil 2: Stammtafeln 255

4. Kindheit und Schulzeit in Warburg

Gertrud Schmittdiels Kindheit im Kreise der Geschwister in Warburg

Gertrud Schmittdiel berichtet zeitlebens von einer sehr glücklichen Kindheit mit ihren Eltern und im Kreise ihrer Schwestern und Brüder. *„Schon hochbetagt erzählt sie immer noch aus diesem gewaltigen Schatz von glücklichen Erinnerungen aus jenen Kindertagen. Ihr Bruder August, der spätere Kanonikus, ein angesehener katholischer Pfarrer in Geseke, ist ein Hauptakteur in diesen Kindheitserinnerungen.“*[57]
Heute stellt man sich vor, dass die Kinder früher draußen vor dem Haus gespielt und herum getollt haben. Aber wie sieht es dort damals tatsächlich aus?

„Der Ikenberg, die Verbindungsstraße zwischen Altstadt und Neustadt, befand sich in der schrecklichsten Verfassung. Ein Pflaster gab es dort nicht. Der Weg führte unterhalb des als Gefängnis dienenden Teiles des Klosters meist über nackte, unebene Felsen. An der Seite zum Abhang befand sich eine zerfallene Mauer, welche kaum ein bis zwei Fuß hoch war und große Lücken zeigte; ein Geländer war nur stellenweise angebracht; dennoch ist meines Wissens kein Unglück vorgekommen.[58]
Kurze Zeit bevor Gertrud Warburg verlässt, das ist in den Jahren 1856 –1857, wird *„der Ikenberg neu gepflastert und mit Handlehnen versehen.“*[59] Am Ikenberg gibt es neun Häuser. Schmittdiels wohnen im Haus Nummer 16. Später wohnt hier die Witwe Hilsmann und betreibt eine Gastwirtschaft. Ihr Sohn führt die Wirtschaft weiter. Pfarrer und Lehrer kehren bei ihm ein. Die Eltern der jetzigen Besitzer haben es von ihm abgekauft und umgebaut. Jetzt ist es als Gasthaus „Zur Alm“ bekannt.

---

[57] Schreiben des Mutterhauses an die Schwestern der christlichen Liebe 1917
[58] L. Weingärtner: Aus meiner Vaterstadt, Jugenderinnerungen; Kreisblatt S. 133 ff
[59] Ebd.; Kreisblatt S. 133 ff

Nicht weit entfernt vom Haus bietet sich der Klosterhof zum Spielen an.

„Unser gemeinschaftlicher Spielplatz war der Klosterhof. Wie manch frohe Erinnerung knüpft sich an diesen Platz. ... Fast das ganze Jahr hindurch wurde mit Knickern oder, wie wir sie nannten, Knüppeln gespielt, namentlich auf dem Klosterhofe."

Können die Kinder weiter entfernt besser spielen?

„Warburg war eine Ackerstadt in des Wortes verwegenster Bedeutung. Die Landwirtschaft, die Quelle eines hübschen Wohlstandes, sah man überall. Sogar in den Hauptstraßen sah und roch man Düngerstätten vor den Wohnhäusern und Scheunen. ... Wagen und Ackergeräte standen damals in malerischen Gruppen, beladen und unbeladen, häufiger auf den Straßen vor den Häusern.

Im Winter war auf manchen Straßen eine Eisdecke, herrliche Gelegenheit zum Glundern und Schliteken. Da jedoch der Ikenberg am Abhang lag, so lief das Wasser immer schnell ab."[60]

Gibt es noch Stadtmauern und Stadttürme zu dieser Zeit?

„In den fünfziger Jahren begann man die Steine der Ruinen zum Bau von neuen Häusern zu verwenden. Damals gab es noch die vielen schönen Fachwerkhäuser. Wo gab es wohl schönere Ställe, Scheunen und Böden, wo Kinder so ungestört spielen und sich verstecken konnten.?"

„Am Anger unterhalb der langen Brücke gab es noch große, der Stadt gehörende Weideplätze, zu welchen des Morgens Kühe, Gänse und Schweineherden hinausgetrieben wurden. Der Kuhhirt rief seine Schutzbefohlenen herbei, indem er auf seinem Horn tutete. Die Gänse kamen von selbst, wenn sie das Geschnatter von ihren Freundinnen hörten. Der Schweinehirt Mathias Menge schwang seine mit kurzem Stiel versehene Peitsche dreimal um den Kopf, ehe er sie mit

---

[60] Ebd., S. 133 ff

einem Ruck knallen ließ, aber dann war es auch ein gelinder Donnerschlag. Wollten die Schweine nicht gehorchen, so ertönte sein Ruf: ‚Süge rümme', und ein klatschender Hieb brachte sie zur Ordnung.“
„Auf dem großen Altstädter Anger wurde auch das Schützenfest gefeiert. Dieses war das Hauptfest in Warburg, und es beteiligten sich alle: Handwerker, Bürger und Beamte. Für manchen Handwerker und Bürger war es überhaupt das einzige Fest im Jahr. Das Leben in Warburg war damals ziemlich einförmig. Neben anderen kleinen Zelten wurde ein großes Festzelt aufgebaut. Dieses blieb für den 14 Tage später stattfindenden großen Viehmarkt stehen und diente auch als Tanzzelt.“[61]

Am 17. Januar 1841 ist die kleine Gertrud an der sicheren Hand des Vaters oder der Mutter unterwegs wie die vielen anderen Neugierigen auch. Die Diemel hat ihren höchsten Wasserstand erreicht. Auf der Langen Straße und dem Markt steht das Wasser einige Fuß hoch. Die Chaussee nach Kassel ist stellenweise vier bis fünf Fuß unter Wasser. Die beiden Altstädter Brücken werden arg beschädigt.
1847 ist ein Notjahr. Im Januar wird eine öffentliche Speiseanstalt für Arme eingerichtet und zur Bestellzeit Saatkartoffeln an Bedürftige verteilt. Soldaten werden in den folgenden Jahren einquartiert und Eisenbahn-Arbeiter kommen in die Stadt.
1850 beginnt der Erweiterungsbau des Krankenhauses. Die Wasserkunst wird mit einem neuen Hebewerk aus Henschels Fabrik in Kassel versehen. Die Leitung wird umgebaut und erweitert. In diesem Jahr gibt es viel Militär durch Einquartierungen und Durchmärsche in der Stadt. Im November sterben fünf Personen an der Cholera.[62]

---

[61] Ebd., S. 133 ff
[62] Informationsschriften des Museums im „Stern“, Warburg.

Schaufenster in die Vergangenheit: Niedere Mädchenbildung im 19. Jahrhundert

Die niedere Bildung war für die mittleren und unteren Stände gedacht. Sie galt als Grundbedürfnis, lehrte das Lesen und Schreiben und durfte nicht mehr als einen Taler kosten. Für die Armen übernahm das Armeninstitut das Schulgeld. Die unterste Stufe bildeten die kostenlosen Armenfreischulen. In den großen Klassen beschäftigte die Lehrerin eine oder mehrere *„Schulgehülfinnen"*, die sie aus der eigenen Tasche bezahlte.
Die Kirchspielschulen standen finanziell am besten. Der Lehrer versorgte die Küsteraufgaben, spielte die Orgel und leitete den Chor. Diese Lehrer bezogen ein festes Gehalt und hatten freie Wohnung im Schulhaus.
Schwerpunkt des Elementarunterrichts bildete das Lesen lernen, etwas Biblische Geschichte, Singen und Handarbeiten für Mädchen. Teurere Schulen hatten ein wesentlich breiteres Angebot und kosteten bis zum Zehnfachen des Schulgelds.
Die privaten Elementarlehrerinnen erhielten lediglich die Hälfte der Mietkosten für das Schullokal und die Wohnung ersetzt. Sie achteten nicht strikt auf die Altersgrenzen von vier bis acht Jahren. So erlaubten sie auch älteren Kindern den Schulbesuch und beaufsichtigten während des Unterrichts sogar Kleinkinder. Sie halfen damit den erwerbstätigen Eltern bei der Versorgung ihrer kleinen Kinder. Aus dieser Notlage entstanden seit 1838 die Kinderbewahranstalten, die Vorläufer unserer heutigen Kindergärten. Ebenso konnten sie auch den regelmäßigen Schulbesuch und die Bezahlung des Schulgelds nicht durchsetzen, denn sie mussten befürchten, dass die Eltern ihr Kind an eine andere Schule schicken würden. Selbst nach der im Jahre 1839 gesetzlich verankerten *„allgemeinen Schulpflicht"* änderte sich wegen des Geldmangels des Staates in diesen Punkten nichts.
Beim Übergang zur staatlichen Volksschule wurde der bisherige Elementarunterricht als Anfangsunterricht in das neue Schulsystem eingefügt. Die unentgeltlichen Volksschulen übernahmen zwar die Ele-

mentarkinder, nicht aber die Elementarlehrerinnen, mit Ausnahme der Handarbeitslehrerinnen.[63]

Gertrud Schmittdiels Schulzeit von 1843 - 1851

Gertrud besucht die Mädchenschule in Warburg, die damals trotz jahrzehntelanger Beanstandung immer noch auf dem Rathaus untergebracht ist. Über diesen Ort heißt es in dem „Reisetagebuch" des Präsidenten im Jahre 1832: *„Der Flur des Rathauses starrt vor Schmutz und Unrat. Darin sind noch immer die Mädchenklassen."*[64]
Über das Klassenzimmer selber schreibt Drüke im Jahre 1820: *„Auf einem notdürftigen Zimmer im Rathaus drängen sich 150 Kinder zum Nachteile ihrer Gesundheit zusammen."*[65]
1805 schreibt Vinke: *„Aus der Kirche des aufgehobenen Klosters Hardehausen sei eine Partie Chorbänke zum Behuf der Schulbänke zu verabfolgen."*[66]
Im selben Jahr beschreibt der Normallehrer Himmelhaus die Mädchenschule so: *„Das Schulhaus liegt am Berge und ist im Winter gänzlich unzugänglich. Es gibt keine Schreibbank. Die Kinder sitzen überall herum. Es ist nötig, dass jede Stadt eine eigene Schule hat. 2 ½ Stunden vormittags und nachmittags sind zu wenig. Von 126 Mädchen schreiben zehn und es rechnet keines. Es spinnen 70, stricken fast alle, vier nähen."*[67]
1812 berichtet der Unterpräfekt in Höxter an den dortigen Präfekten: *„Die gemeinschaftliche Mädchenschule, zugleich die Wohnung für die Lehrerin, ist ein baufälliges Haus."*[68] 1819 wurde im Rathaus eine Mädchenschule für die Neustadt eingerichtet. Die Lehrerin Stall-

[63] W. Drechsel: Die Professionalisierung des „Schulstands" und die „unbrauchbar gewordenen" Elementarlehrerinnen, in: E. Kleinau, C. Opitz (Hg.): Geschichte der Mädchen- und Frauenbildung.
[64] W. Richter: Das Volksschulwesen der Stadt Warburg in Westfälische Zeitschrift, Band 74/2, S.158
[65] Ebd., S. 155
[66] Ebd., S. 135
[67] Ebd., S. 134
[68] Ebd., S. 147

meister besoldet die junge Unterlehrerin Jungmann, die ihr zur Seite stand, selbst[69] und bietet ihr „*freie Station.*“[70]

„*Im August 1844 notierte der Präsident Richter in seinem ‚Reisetagebuch‘: Die Elementarschulen sind in den alten Lokalen und ist der Plan zum Bau besonderer Schulhäuser für die Alt- und Neustadt aufgegeben. Die 2. Mädchenschule ist zwar etwas durch Herausrücken der Wand in das städtische Archiv-Lokal vergrößert, aber für 150 Kinder offenbar noch ungenügend. ... Im übrigen blieben die Schulräume unverändert bis 1856.*“[71]

1847 hat die erste Klasse 87, die zweite Klasse 113 Schülerinnen.[72]

Im Gegensatz zur Knabenschule findet an der Mädchenschule wiederholt ein Wechsel der Lehrpersonen statt.

1841 gibt die Regierung der Stadt Warburg einige Anweisungen für den Bereich des Schulwesens: „*Für jeden Lehrer müßten wenigstens 2 heizbare Stuben, Vorratsräume etc., für jede Lehrerin Gelasse für sie und die Magd nebst nötigen Räumen für die Haushaltung beschafft werden.*“[73]

Im Dezember 1853 setzt die Regierung das Gehalt der ersten Lehrerin auf 160 Tlr., das der zweiten Lehrerin auf 140 Tlr. (mit Einschluss des Staatszuschusses) fest. „*Der Magistrat protestierte, ... und drohte, den Lehrerinnen die 5 Klafter Holz zu berechnen.*“ Daraufhin erklärt die Regierung: „*Werde den Lehrerinnen das Holz entzogen, so falle für sie die Verpflichtung zur Heizung der Schullokale fort.*“[74]

Die Besoldung betreffend macht sie folgende Ausführungen: “*Der Magistrat und die Stadtverordneten müssen bei Fixierung der Lehrergehälter im Auge behalten, daß das Lehramt ein sehr beschwerliches Amt ist und der Lehrer, wenn er seinem Amte gehörig vorstehen soll, nicht mit Nahrungssorgen zu kämpfen haben muss. Will die Stadt tüchtige Lehrer haben, so muß sie auch dafür sorgen, daß dieselben ihr anständiges Auskommen haben.*“[75]

---

[69] Ebd., S. 155
[70] Ebd., S. 166
[71] Ebd., S. 162 ff
[72] Ebd., S. 155
[73] Ebd., S. 162
[74] Ebd., S. 167
[75] Ebd., S. 162

Die Schulpflicht dauert seit der großen Schulreform vom 1788 vom sechsten bis zum vollendeten 14. Lebensjahr. Der feierliche Abschluss ist der Tag der Ersten Heiligen Kommunion, den Gertrud im Jahre 1851 feiert.
Was für die Kleidung der Jungen gilt, ist in entsprechenden Maße auch für die Mädchen gültig:
„So lange wir die Elementarschule besuchten, trugen wir fast nur Kittel von demselben Schnitte, wie ihn die Titelfigur des „Struwelpeter" noch jetzt trägt. Kam man aber auf die Sexta, so mußte schleunigst ein Rock oder eine kurze Jacke mit oder ohne Schöße beschafft werden, denn „Kittelsextaner" geschimpft zu werden, war die größte Schmähung, welche einem angehenden Musensohne zugefügt werden konnte."[76]
„Die Kleider der Frauen waren einfach und glatt gemacht, ungefähr dem Kleiderschnitte der Puppen in der Arche Noah entsprechend. Die Mäntel umschlossen den ganzen Körper in der Form der jetzigen Abendmäntel, aber denselben Mantel, welchen die Braut oder die junge Frau getragen hatte, trug sie auch noch als Großmutter. Alle Muster und Farben waren gleich modern."[77]
„Die Herstellung der neuen Kleidungsstücke aus den alten des Vaters oder der Brüder besorgte der lange Schneider W., der meist im Hause der Kunden arbeitete. Der neben der Kost gewährte Lohn war gering. Und was wurde dafür geleistet! Aus einem alten Frack bekam ich zwei schöne Jacken, aus einer Hose einen Rock, aus dem Kragen einer Chenille einen Überzieher."[78]
Es lässt sich leicht nachvollziehen, dass Gertrud genügend Arbeit im elterlichen Haushalt beim Umnähen der verschiedenen Kleidungsstücke, beim Stricken und Ausbessern findet. Auch bei den weiteren

[76] L. Weingärtner: Aus meiner Vaterstadt, Jugenderinnerungen; Kreisblatt S. 133 ff
[77] Ebd., S. 133 ff
[78] Ebd., S. 133 ff

hauswirtschaftlichen Tätigkeiten gibt es genügend Gelegenheit Hand anzulegen:
„Zum Kochen und Heizen wurde damals lediglich Holz verwendet. Auf den Holzversteigerungen wurde gegen Ende des Winters der für das ganze Jahr notwendige Vorrat angekauft, dann angefahren und im Frühjahr und im Sommer zerkleinert. Auf jedem Hofe standen große Holzdiemen; man mußte einen starken Vorrat von Brennholz haben, damit es den Winter hindurch ausreichte. Es war eine böse Sache, wenn man nicht auskam und nasses Holz brennen mußte, das wohl qualmte, aber wenig Wärme gab.
Allmählich wurden mit dem Bahnverkehr auch bei uns die Steinkohlen häufiger. Sie fanden anfangs schlechten Eingang, denn in den alten Holzöfen wollten sie nicht brennen, und man wollte doch nicht gleich neue Öfen anschaffen.“[79]
Zum Bäcker haben die Schmittdiels gute Beziehungen. Tante Luises Mann ist der Bäcker Leistenschneider in der Altstadt. Sie ist eine geborene Hönervogt, eine Schwester der ersten Frau Schmittdiel. Gertrud kann ihr beim Brot- und Kuchenbacken helfen. Da kann sie manches dazulernen.
Wie steht es mit der Wasserversorgung? *„In der Altstadt gab es ergiebige Quellen genug. ..Die Wasserleitung war überhaupt ein Schmerzenskind der Neustadt. Ohne jede Filtrierung kam das Wasser unmittelbar aus der Diemel. Zum Trinken war dieses Wasser völlig ungeeignet. Wer richtiges Quellwasser haben wollte, mußte sich dieses aus der Altstadt holen lassen.“* [80]
Die Familie Schmittdiel muss ihr Wasser in der Altstadt holen und den Ikenberg hinauf tragen.

---

[79] Ebd., S. 133 ff
[80] Ebd., S. 133 ff

„Eine Straßenbeleuchtung gab es vor 1850 in Warburg überhaupt nicht. Wie es möglich war, daß die Leute sich des Abends begegneten, ohne mit den Köpfen zusammen zu rennen, weiß ich nicht; wir Jungen kamen ja des Abends nicht heraus. In jedem Hause, auch in dem unseren, befand sich eine Anzahl größerer und kleinerer Handlaternen, die aber nur in Tätigkeit kamen, wenn meine Eltern des Abends ausgingen.“[81]

Auch Mädchen kommen abends nicht mehr aus dem Haus.

Bruder August besucht in dieser Zeit schon das Gymnasium in Paderborn und anschließend die Universität, um Theologie zu studieren. Außer den Kosten für das Leben und die Schule entstehen Ausgaben für die neue Kleidung:

„Hatte man sich als Progymnasiast immer nur als Junge gefühlt und fühlen können, so trat eine vollständige Änderung ein, sobald man auswärts die Untersekunda eines Gymnasiums besuchte. Kam man dann in den Ferien zurück, so suchte man als Herr aufzutreten. Man legte sich Vatermörder an, d. h. man ließ den Kragen des Vorhemdes in die Höhe stehen, trug einen Stock und vielleicht, falls man solche besaß, auch schwarze Glacéhandschuhe; zuweilen durfte die Mitwelt uns mit einer brennenden Zigarre bewundern.“[82]

Gertrud wird als *„ein Mädchen mit einem religiösen und bescheidenen Charakter, gepaart mit reichen Gaben des Geistes und des Herzens“*,[83] beschrieben. Der spätere Weihbischof Dr. Augustine Gockel erteilt ihr als Warburger Kaplan Religionsunterricht und lobt sie als *„eine sehr bewundernswert talentierte Schülerin.“*[84]

Mit einer miesen Volksschule und dem Privatunterricht beim Vater und beim Kaplan sind die Möglichkeiten der Schulbildung für Mädchen und für Gertrud Schmittdiel in Warburg erschöpft.

---

[81] Ebd., S. 133 ff

[82] Ebd., S 133 ff

[83] Schreiben des Mutterhauses an die Schwestern der christlichen Liebe 1917

[84] Ebd.

5. Höhere Bildung – Lehrerinnenexamen in Paderborn

Höhere Bildung für Mädchen ist Privatsache. Wohlhabende Leute, dazu zählt der Lehrer der Elementarschule nicht, schicken ihre Töchter ins Internat einer Klosterschule, wo eine höhere Bildung und vermehrt hauswirtschaftliche Kenntnisse erworben werden. Zur Universität kann noch keine Frau gehen.
Auch in Warburg gibt es eine Gründungsbewegung für eine höhere Mädchenschule. *„Am Anfang – erstmals faßbar im Jahre 1853 – standen die Bemühungen einiger Warburger Bürger, die eine Schule wünschten, die die Erziehung und Bildung ihrer Töchter auch über die Elementarschule hinausführen sollte. Die Anregung dürfte von den Kaufmanns- und Beamtenfamilien der damaligen Kreishauptstadt Warburg ausgegangen sein."*[85] Diese Bemühungen sind noch nicht erfolgreich abgeschlossen, so lange Gertrud sie noch hätte nützen können.
Bei autodidaktischen Studien haben ihr sowohl Vater wie Mutter helfen können. Auch der Bruder August spielt eine wichtige Rolle. Er darf das Progymnasium in Warburg und danach das Gymnasium in Paderborn besuchen. Ansonsten helfen Mädchen im Haushalt der Mutter mit und springen hie und da auch bei Verwandten ein.

Schaufenster in die Vergangenheit: Höhere öffentliche Mädchenbildung im 19. Jahrhundert

Mädchen sollten ein Minimum an Lesen, Schreiben und Rechnen lernen und zusätzlich Unterricht in Handarbeit, Hauswirtschaft, Turnen und Gesundheitslehre erhalten. Diese Ausbildung bereitete sie auf ihre einzige Aufgabe vor, nämlich Durchgangspunkt von einer Generation zur andern als Hausfrau, Ehefrau und Mutter zu sein. Ihre Abhängigkeit vom Familienernährer war damit festgeschrieben. Die individuellen Anlagen der Mädchen wurden nicht entfaltet. Der Staat griff nicht ein, da keine Ansprüche aus Verwaltung, Wirtschaft und

[85] H. Möller: in F. Mürmann: Die Stadt Warburg, Band II S. 251-252

Militär bestanden. Damit fehlte jedes höhere staatliche Schulwesen für Mädchen - nicht nur in Preußen.
Die allgemeine Hochschulreife konnte bis zum Jahre 1900 nur im Gymnasium mit neuhumanistischer Ausrichtung mit den Schwerpunkten in Latein, Griechisch, Mathematik und Deutsch als einziger höherer Schule erworben werden. Die 1859 eingeführten Realgymnasien mit mathematisch-naturwissenschaftlicher Prägung und mit Latein und die 1882 entstandenen Oberrealschulen ohne Latein wurden erst mit dem Kieler Erlass vom 26.11.1900 den Gymnasien gleichgestellt. Parallel zu dieser Veränderung entwickelte sich ein eigenständiger höherer Lehrer. Im höheren Lehrexamen sollten, wie im Edikt vom 12. Juli 1810 festgelegt, philologische, historische und mathematische Fähigkeiten geprüft werden. Dies war ein Bildungssystem ausschließlich für männliche Jugendliche und männliche Lehrkräfte.
Das höhere Mädchenschulwesen war als Privatschule mit weiblicher Leitung und mit weiblichem Lehrpersonal entstanden. Es zeigte vor allem die Standeszugehörigkeit und die Abgrenzung gegenüber dem Volksschulwesen an. In der ersten Hälfte des 19. Jahrhunderts entwickelten sich in den Städten ebenfalls Klassen zur Ausbildung von Lehrerinnen in Verbindung mit höheren Mädchenschulen. Das Lehrpersonal der höheren Mädchenschule unterrichtete folglich auch in dem sich anschließenden Lehrerinnenseminar. Ihm kam die Funktion der allgemeinbildenden Oberstufe zu. Die unteren Klassen dienten häufig als Übungsschule der Seminaristinnen.
Die staatliche höhere Mädchenschule konstituierte sich erst im letzten Drittel des 19. Jahrhundert. Ihr Lehrerkollegium bestand aus einem wissenschaftlich geprüften Direktor, akademisch gebildeten und geprüften Lehrern, aus erprobten Elementarlehrerinnen und geprüften Lehrerinnen. Das bedeutete, dass der Unterricht der höheren Mädchenschulen vollständig in der Hand männlicher Lehrkräfte lag.
Der Besuch der Mädchenschulen dauerte zehn Jahre, davon waren drei Vorschulkassen und sieben aufsteigende Klassen. Zwei Fremdsprachen - nämlich Englisch und Französisch - wurden gelehrt.

Seit 1845 gab es in Preußen ein Lehrerinnenexamen für die Elementarschule und ein weiteres für die höhere Mädchenschule. Die Vorbereitung auf das Examen konnte durch Besuch eines Lehrerinnenseminars oder auch privat erfolgen, da die Zulassung zur Prüfung nicht vom Besuch eines Seminars abhängig war. Das Examen fand vor einer - durch die Unterrichtsbehörde einberufenen - königlich-preußischen Prüfungskommission statt.
Für Lehrerinnen war der Weg über eine akademische Ausbildung nicht möglich. Ihr Abschluss war nicht gleichwertig mit dem der Männer. Daraus entwickelte sich die Tatsache, dass an den öffentlichen höheren Mädchenschulen vorwiegend männliche Lehrkräfte unterrichteten, deren Bezahlung außerdem noch höher war.
Dies rief die gemäßigte bürgerliche Frauenbewegung mit Helene Lange auf den Plan.[86] Mit Änderungen war ihr Ziel letztlich die Angleichung der Mädchenbildung an die Knabenbildung. Im Oktober 1889 begann sie mit finanzieller Unterstützung der Frauenvereine die „Realkurse für Frauen", die den Abschluss einer zehnjährigen höheren Mädchenschule voraussetzten und auch der Vorbereitung auf das Schweizer Maturitätsexamen dienten. In der Schweiz durften die Frauen schon seit den 1860iger Jahren die Universität in Zürich besuchen. Am 31. März 1894 kam es in Preußen zu einer *„Neuordnung des höheren Mädchenschulwesens"*. Darin wurden neun Jahrgangsklassen mit zwei Fremdsprachen und endlich auch eine Verstärkung des Einflusses der weiblichen Lehrkräfte festgelegt. Das Ziel der Gleichwertigkeit wurde erst in der Neuordnung vom 18. August 1908 erreicht. Sie sah vor, dass sich an die zehnjährige höhere Mädchenschule ein sogenanntes Lyzeum anschloss, das eine der Reifeprüfung vergleichbare Berechtigung vergab. Das Lyzeum gliederte sich in eine zweijährige Frauenschule mit den Fächern Haushaltskunde, Kindergartenunterweisung, Gesundheitslehre und Kinderpflege und in ein vierjähriges höheres Lehrerinnenseminar. Ein erster Schritt zum Anschluss der Frauen und Mädchen an das höhere Bildungssystem war

---

[86] C. Hopf, E. Matthes: Helene Lange und Gertrud Bäumer - Ihr Engagement für Frauen- und Mädchenbildung 2001

zwar geschaffen geworden, aber Voraussetzung für ihre Anstellung war weiterhin ein Universitätsstudium wie bei den männlichen Lehrkräften an höheren Schulen.

Gertrud besucht die höhere Schule der Ursulinenschwestern in Fritzlar in Hessen

Schaufenster in die Vergangenheit: Höhere Mädchenschulen

Staatliche höhere Mädchenschulen fehlen noch ganz. Höheren Mädchenschulunterricht in den Töchterinstituten, die in der Regel mit Pensionaten verbunden sind, bieten die englischen Fräulein, die von Maria Ward gegründet wurden, und die Ursulinenschwestern an.
In ihrer Gründungsphase waren sie ein völlig neuer Typus von religiösen Frauengemeinschaften, da sie anfangs weder Ordenskleidung trugen noch Klausur einhielten. Obwohl Frauen ohne Gemahl und Klostermauern gering geschätzt wurden, zeigten sie durch ihr Gott geweihtes Leben mitten in der Welt eine gewisse Emanzipation. Diese ursprünglich jesuitischen Frauengemeinschaften organisierten in ihren Anfängen das Mädchenschulwesen zweigleisig, wie das die Jesuiten bei den jungen Männern taten. Sie verstanden sich deshalb als weibliches Pendant zum Jesuitenkolleg.
Für das Kolleg der englischen Fräulein in München werden in dieser Zeit folgende Unterrichtsfächer genannt: Französisch, Italienisch, Latein. Für Frauen kam zwar eine Verkündigungstätigkeit nicht in Frage. *„In der Praxis aber standen Frauen wie Mary Ward und Anne de Xainctonge nicht weit hinter den Männern zurück.“*[87]

Für Gertrud Schmittdiel gilt es, eine solche höhere Schule zu finden, die auch finanzierbar ist. Eine Lösung zeigt sich bei den Ursulinen in Fritzlar, die dort ein höheres Töchterinstitut betreiben. In Fritzlar bietet es sich für Gertrud an, im Haushalt eines Onkels zu wohnen, der dort

[87] A. Conrad: „Katechismusfrauen“ und „Scholastikerinnen“ in: H. Wunder, C. Vanja: Wandel der Geschlechterbeziehungen zu Beginn der Neuzeit, S. 167

Ankunft der Ursulinen - Historisches Ereignis von 1727
Paul Poincy - Ölgemälde 1892

Pfarrer ist. Sie kann die Schule als Externe besuchen. Damit ist die Qualität der Schule und die Finanzierbarkeit gegeben.

Die Ursulinen

Die Heilige Ursula war der Legende nach die Tochter eines britischen Königs. Ein Prinz warb um sie, doch Ursula wollte nur unter folgenden Bedingungen seine Frau werden: Er sollte Christ werden und ihr die Möglichkeit geben, mit 11 000 Jungfrauen nach Rom zu wallfahren. Bei der Rückreise wurden sie in Köln vom Hunnenkönig Guan aufgehalten, der Ursula zur Frau begehrte. Weil sie sich weigerte, ließ Guan sie und ihre Begleiterinnen töten. Ursula – so heißt es in anderen Überlieferungen – wurde durch einen Pfeil des Hunnenkönigs hingerichtet. 11 000 Engel schlugen die Barbaren in die Flucht, die befreiten Kölner ließen zu Ehren von Ursula und der Jungfrauen eine Märtyrerkirche errichten.

Viele Jahrhunderte nach dem Entstehen dieser Legende gründete im italienischen Brescia Angela von Merici den Ursulinenorden. Selbst in einem Kloster aufgewachsen und erzogen, hatte sie schon früh erkannt, wie wichtig eine umfassende Bildung und Erziehung für eine zivilisierte Gesellschaft ist. 1535 schuf sie mit 28 „Töchtern“ die „Compagnia di Sant´ Orsola“, der zwei Jahre später von Papst Clemens VII. als Orden bestätigt wurde. Diese Frauengemeinschaft weihte sich ganz dem Dienst am Nächsten. Die Frauen lebten ohne Gelübde und Klausur in ihren Familien, sollten sich jedoch an die Gebote der Ehelosigkeit, der Armut und des Gehorsams halten. Angela versuchte so, Frauen aus der wirtschaftlichen Abhängigkeit von Männern heraus zu führen und ihnen die Möglichkeit zu eigenständigem Wirken zu geben.

Um 1600 wandelte sich die „Compagnia“ in eine Klostergemeinschaft um und entwickelte sich zum bedeutendsten Frauenorden für die Erziehung junger Mädchen. Zur selben Zeit gründete in

Frankreich Anne von Xainctonge ebenfalls eine nach der Heiligen Ursula benannten Gesellschaft, die sich eng an die Regeln von Jesuitenorden hielten. Aus den Niederlassungen entstanden später Schulen in Europa, Afrika und Amerika. Während der Französischen Revolution wurde der Orden zeitweilig aufgelöst. Im 17. Jahrhundert entstanden weitere Niederlassungen u.a. in Nordamerika. Noch heute unterhalten die Ursulinen zahlreiche Schulen. Weltweit hat der Orden 13 000 Mitglieder, die Zentralleitung sitzt in Rom.[88]

Schaufenster in die Vergangenheit: Erwerbsmöglichkeiten von Frauen im 19. Jahrhundert

Die Erfahrung, dass die Ehe die Frauen des Mittelstandes nicht mehr alle aufnehmen konnte, gab den emanzipatorischen Forderungen der Frauen neue Energie und richtete sie auf ein ganz neues Ziel aus. Es galt außerhalb der Ehe Lebensaufgaben und einen Lebensinhalt zu finden.
Die große Masse der Frauen, 2 ½ von 6 ½ Millionen Erwerbstätiger, arbeitete in der Landwirtschaft. Die Inhaberinnen oder Mitinhaberinnen der kleinen Kramläden hatten die Tür zur Wohnstube und Küche gleich hinter dem Ladentisch. Die Kinder erledigten ihre Schularbeiten an dem kleinen Rechenpult im Laden oder hingen der Mutter an der Schürze, wenn sie die Kunden bediente. Von einer halben Million Erwerbstätiger im Handel sind 23 % Verheiratete und 23 % Witwen. Die eine Million weiblicher Dienstboten sind zu über neun Zehntel ledige Frauen. Von den 1 ½ Millionen Frauen in der Industrie sind 18 % verheiratet und 16 % Witwen.
Die eigentliche Brisanz der Frauenarbeit lag in den breiten unteren und mittleren Schichten.

[88] URL:http://www.heiligenlexikon.de

Für das gebildete und besitzende Bürgertum wurden die höheren Mädchenschulen mit anschließenden Lehrerinnenseminaren eingerichtet. In diesen Seminaren fanden sich Mädchen aus familiären Notlagen, die nach einer Erwerbstätigkeit suchten, Töchter aus höheren Bildungsschichten, um deren Allgemeinbildung zu vergrößern, Töchter aus Pfarrer-, Beamten- und Lehrersfamilien, die hier die Grundlage für die Erwerbstätigkeit als Gouvernante oder Haus- oder Elementarlehrerin sahen. Der Kaufmannsstand suchte eine höhere Bildung für Ehefrauen und Töchter und die zukünftige Ehefrau eines besitzlosen Beamten sollte das Sparen lernen.
Eine begehrte Lebensgestaltung boten die Frauenkongregationen für ledige katholische Frauen, denn eine materiell abgesicherte Lebensführung und Berufstätigkeit ermöglichte eine persönliche Sinnstiftung und einen eigenen Lebensentwurf ohne Bindung an Ehemann und Kinder. Sie unterstanden zwar kirchlichen Autoritäten, andererseits öffnete ihnen die Kirche legitimierte Handlungsspielräume. *„Aus den religiösen Überzeugungen gewannen die Frauen Motivation und Energie für ihre umfangreichen Tätigkeiten. Religion stärkte ihr Selbstbewußtsein, an einem großen Werk beteiligt zu sein.“*[89] Gleichzeitig waren Aufstiegschancen innerhalb der Kongregation und durch ein kleines Maß an demokratischen Spielregeln Mitbestimmung und Mitverantwortung möglich. Frauen gewannen durch die Wahlverfahren *„einen Gestaltungsspielraum über ihr gesamtes tätiges wie religiöses Leben.“*[90] Innerhalb der Kongregation fanden sich spezialisierte Tätigkeiten, die in der bürgerlichen Gesellschaft für Frauen nicht offen standen. Die gesammelten Erfahrungen und Kenntnisse wurden an Nachfolgerinnen weitergegeben. Neuem war man grundsätzlich aufgeschlossen und verband es mit erprobten traditionellen Elementen.
Auf der Ebene der Organisation entwickelten sich unterschiedlichste Strukturen: *„einerseits das hierarchische Organisationsprinzip sowie*

[89] R. Meiwes: Religiosität und Arbeit, S. 87 in: Irmtraud Götz von Olenhusen u.a.: Frauen unter dem Patriarchat der Kirchen, Katholikinnen und Protestantinnen im 19. Jahrhundert
[90] R. Meiwes: Arbeiterinnen des Herrn, Katholische Frauenkongregationen im 19. Jahrhundert, S. 154

die rigide Durchsetzung des Gehorsamsversprechens gegenüber Vorgesetzten und andererseits die egalitäre Komponente, daß die Führungsspitze der Kongregation durch die Mitglieder nach einem bestimmten Verfahren gewählt und nicht etwa durch die Kirche eingesetzt wurde."[91] Trotzdem bleibt diese Form der Lebensgestaltung im wesentlichen den mittleren und oberen Gesellschaftsschichten vorbehalten.

Schaufenster in die Vergangenheit: Die Lehrerin im 19. Jahrhundert

In Preußen, zu dem Warburg inzwischen gehörte, wurde die Allgemeine Schulpflicht für Jungen und Mädchen bereits 1839 eingeführt. Im vorstaatlichen Schulwesen hatte es Bereiche gegeben, die nur den Frauen zustanden. Zum einen verlangte es die Schicklichkeit der höheren Stände, dass Mädchen nur von Frauen in den privaten höheren Schulen unterrichtet wurden. Zum anderen wurde der Elementarunterricht in kleinen privaten Schulen vorwiegend von Frauen für Jungen und Mädchen gemeinsam erteilt. Bis zur Mitte des Jahrhunderts war in amtlichen Texten ausschließlich von Lehrern und von Lehrerinnen die Rede. Niemand wäre auf die Idee gekommen, Frauen nur unter Sonderbedingungen, wie die Zölibatsklausel eine war, zuzulassen. Die Lehrer forderten mit der staatlichen Volksschule den staatlichen Unterrichtsbeamten. Bei dieser Professionalisierungskampagne blieben die Frauen draußen vor.
Die Lehrerinnen der Mädchenschulen waren zunächst ohne Ausbildung. Erst 1832 wurden Seminare für die Lehrerinnenausbildung in Berlin, Münster und Paderborn geschaffen, während das Lehrerseminar in Büren bereits seit 1827 bestand. Häufiger waren jedoch jene Seminare, die privaten oder städtischen höheren Mädchenschulen angefügt waren. Das Bildungskonzept war für das gebildete und besitzende Bürgertum entworfen worden. Die Anforderungen bezogen sich auf literarisch-ästhetisches Wissen und Charakterbildung. Diese Se-

[91] Ebd., S. 155

minare hatten also mehr allgemeinbildenden denn berufsqualifizierenden Charakter. In den Augen der Eltern war die Lehrerinnenprüfung ihrer Töchter eine Art Sicherheit, im Falle dass sie sich nicht verheirateten.
Lehrerinnen erhielten fast überall geringeren Lohn, und während des Kaiserreichs mussten sie ihre Stellen aufgeben, wenn sie heirateten. Das „Lehrerinnenzölibat" war bis zur Weimarer Republik per Erlass festgeschrieben.
Keiner Lehrerin gelang es einen dauerhaft gesicherten Arbeitsplatz an den entstehenden staatlichen Volksschulen zu bekommen, im Gegensatz dazu aber zahlreichen Lehrern.
Die Lehrerinnen scheiterten beim Übergang vom privaten niederen Schulwesen zur Staatsanstalt durch ihre fehlende berufliche Qualifikation und einer fehlenden Berufsvertretung in den entstehenden Lehrervereinen oder den zu gründenden Lehrerinnenvereinen. Erst 1890 kam es zur Gründung des Allgemeinen Deutschen Lehrerinnenvereins. Diese Verspätung ergab sich aus dem späteren Einsetzen einer Ausbildung im Lehrerinnenseminar, denn aus den Seminaristenvereinen entwickelten sich die Lehrervereine.
„*Hülfslehrer*" war für Absolventen des Lehrerseminars ein vorübergehender Status, der in der Regel nach wenigen Jahren in die definitive Anstellung als ordentlicher Lehrer mündete. Für „*Hülfslehrerinnen*" galt das nicht.[92]
In Preußen erhielt die Elementarlehrerin 1883 Beamtenstatus und zwei Jahre später auch Pensionsrechte.
Nach der preußischen Prüfungsordnung von 1874 konnten junge Frauen, die ihre Prüfung für Elementarschulen abgelegt hatten, sich für den Unterricht an höheren Mädchenschulen weiterqualifizieren, in dem sie Zusatzprüfungen für Fremdsprachen ablegten. Sie waren nicht berechtigt, die zweite Zusatzprüfung abzulegen, der sich Männer für ihre Anstellung an öffentlichen Schulen unterziehen mussten, oder die

---

[92] W. U. Drechsel: Die Professionalisierung des „Schulstands" und die „unbrauchbar gewordenen" Elementarlehrerinnen, in: E. Kleinau, C. Opitz (Hg.): Geschichte der Mädchen- und Frauenbildung, Band 2.

Rektoratsprüfung, welche für Vorsteher an Volksschulen verlangt wurden.
Die Durchlässigkeit der Laufbahn für Volksschullehrerinnen und Lehrerinnen an höheren Schulen wurde damit geschaffen, während es für die Lehrer bei einer getrennten Prüfungsordnung blieb.
Obwohl in der Berliner Denkschrift ausdrücklich die wissenschaftliche Ausbildung der Lehrerinnen mit abschließender Oberlehrerinnenprüfung sowie der Beteiligung der Lehrerinnen am Mittel- und Oberstufenunterricht der Höheren Mädchenschule gefordert wurde, ging die 1874 erlassene neue Prüfungsordnung wieder von einer einheitlichen Ausbildung für Lehrerinnen aus. Für den Unterricht oberhalb der Volksschule wurden befriedigende Prüfungsleistungen, weitergehende Leistungen in Deutsch und Geschichte, sowie Grundkenntnisse in Englisch und Französisch verlangt. Spezielle Qualifikationen für den Unterricht an Oberklassen waren nicht gefragt.
Eine Änderung der Prüfungsordnung für Oberlehrerinnen fand im Jahre 1894 statt. Nun konnten sie diese Prüfung erst nach fünfjähriger Berufspraxis ablegen.
Obwohl in den nächsten Jahren der Besuch von Vorlesungen, Übungen und wissenschaftlichen Seminaren vorgeschrieben wurde, obwohl das Lyzeum und das Oberlyzeum entstehen: Die Lehrerinnenseminare blieben bis ins nächste Jahrhundert organischer Bestandteil der höheren Mädchenbildung.[93]

---

[93] E. Kleinau: Gleichheit oder Differenz? Theorien zur höheren Mädchenbildung, S. 113 ff
K. Ehrich: Stationen der Mädchenschulreform, S. 129-137
K. Heinsohn: Der lange Weg zum Abitur: Gymnasialklassen als Selbsthilfeprojekte der Frauenbewegung, S. 148-152
M. Nieswandt: Lehrerinnenseminare: Sonderweg zum Abitur oder Bestandteil der höheren Mädchenbildung? S. 174 ff
J. C. Albisett: Professionalisierung von Frauen im Lehrberuf, S. 189
Alle in: E. Kleinau, C. Opitz (Hg.): Geschichte der Mädchen- und Frauenbildung, Band 2

GERTRUD SCHMITTDIEL STELLT SICH ALS EXTERNE DER PRÜFUNGSKOMMISSION IM LEHRERINNENSEMINAR IN PADERBORN

Nach dem Schulabschluss bei den Ursulinenschwestern in Fritzlar meldet sie sich für das Abschlussexamen am Lehrerinnenseminar in Paderborn an.
An diesem Termin nehmen 10 Seminaristinnen und 22 auswärtige Kandidatinnen teil. Unter letzteren ist mit der Nummer 16 Gertrud Schmittdiel in der Zeugnisliste aufgeführt

Protokoll über die im Jahre 1856 im Lehrerinnen-Seminar zu Paderborn abgehaltene Prüfung für das Schulamt[94]

1a. Religionslehre	a. gut
b. Biblische Geschichte	b. gut
2 a. Lesen	a. gut
b. mündl. Ausdruck	b. gut
c. Sprachlehre	c. recht gut
d. Aufsatz	d. recht gut
3 Rechnen	gut
4 a. Gesang	a. genügend
b. Klavierspiel	b. ---
5 a. Geographie	a. genügend
b. Vaterländische Geschichte	b. gut
c. Naturkunde	c. genügend
6 a. Schreiben	a. gut
b. Zeichnen	b. ---
7 a. Pädagogik	a. gut
b. Schulhalten	b. recht gut
Aufführung	recht gut
Resultat	gut bestanden

Die Prüfungskommission hat dieses am 11. Juli 1856 beurkundet.

---

[94] Archiv des Erzbischöflichen Generalvikariats in Paderborn, Band XV. 41

Manche Kandidatin war so arm, dass ihr die Prüfungsgebühren erlassen wurden. Gertrud hat sie bezahlt.

Zeugnis des Lehrerinnenexamens von Gertrud Schmittdiel

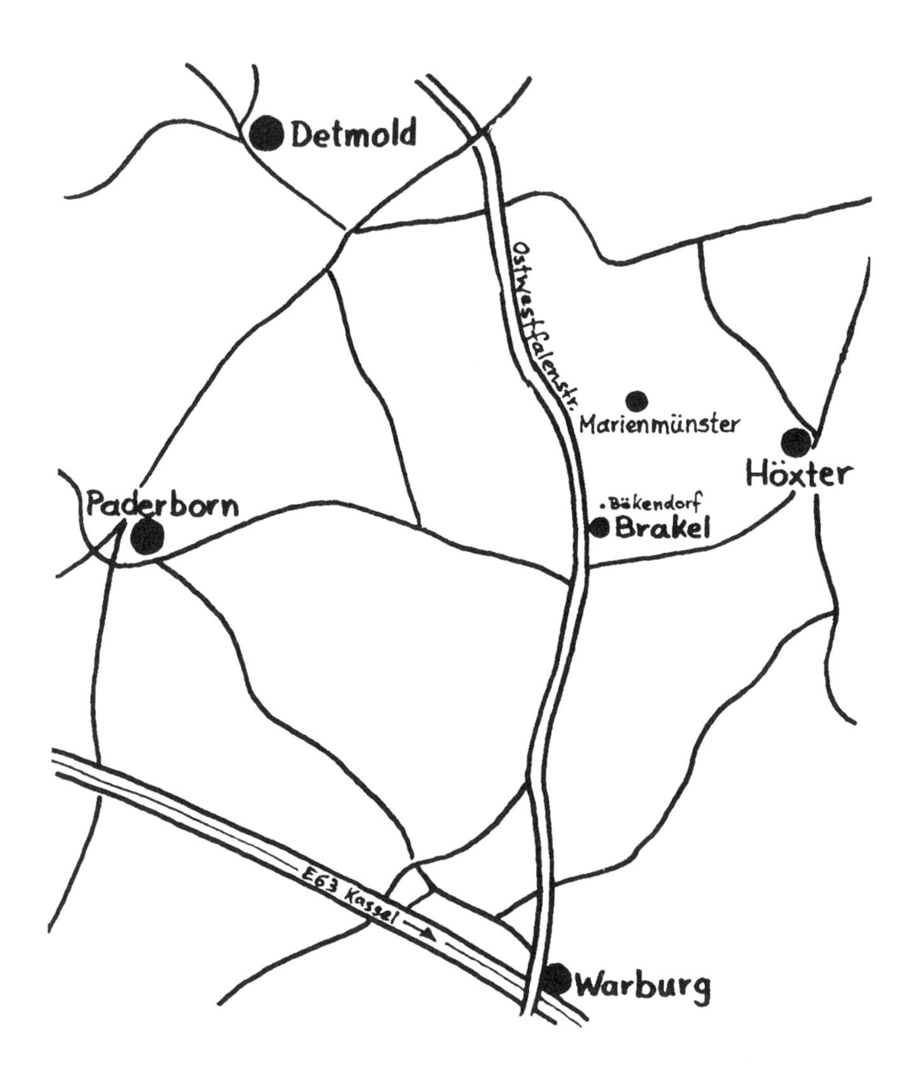

Kreis Höxter
Karte von Rüdiger Widmann

6. Lehrerin in Bökendorf bei Brakel

GERTRUD SCHMITTDIEL ERHÄLT DIE LEHRERINNEN-STELLE AN DER EINKLASSIGEN DORFSCHULE FÜR MÄDCHEN IN DER GEMEINDE BÖKENDORF BEI BRAKEL KREIS HÖXTER IN WESTFALEN.

Gertrud Schmittdiel ist gerade 19 Jahre alt geworden. Der Anstellung voraus geht wie üblich eine Bewerbung, eine Vorstellung – in diesem Fall beim Freiherrn von Haxthausen und dessen Schwester Ludowine von Haxthausen – und eine Vereidigung beim Schulamt in Brakel oder Höxter. Im Protokoll der Vereidigung steht der Zusatz für Lehrerinnen: „*Im Falle ihrer Verheiratung entspricht die feste Anstellung mit dem Schlusse des betreffenden Schuljahres ihr Ende.*“[95]
Die Buben von Bökendorf gehen in die Schule zum Küster nach Bellersen. Die Mädchen sollen im Dorf unterrichtet werden. Die Dorfgemeinde selber ist arm und besteht zum größten Teil aus Tagelöhnern. Aus einem Schreiben des Freiherrn vom 5. Dezember 1857 geht hervor, dass eine Änderung bevorsteht. Er bemüht sich um Ordensschwestern und stellt sich vor, die Knabenschule sowie auch die Mädchenschule in eine Stiftung umzuwandeln.[96]
Das Gehalt der Lehrerin setzt sich aus zwei Beträgen zusammen: einmal aus dem Schulgeld, das die Eltern entrichten müssen, und aus Staatsmitteln oder Stiftungsgeldern. Dazu gibt es einen Zuschuss für die Feuerung. Eine Dienstwohnung ist vorhanden.[97]
Gertrud Schmittdiel beendet ihre Tätigkeit in Bökendorf nach etwa zwei Jahren. Aus ihrem Schreiben vom 6. August 1858 an die Königliche Hochlöbliche Regierung in Minden geht hervor, dass sie den Schuldienst verlassen will und deshalb um ihre Entlassung aus dem Schuldienst nachfragt.[98]

---

[95] Staatsarchiv Detmold: M 1 II B Nr. 1678 (Mädchenschule und Lehrerinstelle in Bökendorf 1858-1907)
[96] Ebd.
[97] Ebd.
[98] Ebd.

Die Entlassung der Lehrerin Gertrud Schmittdiel aus dem Schulamte.

Da ich mich nach sorgfältiger Prüfung zum Eintritte in einen religiösen Orden entschlossen habe, so bitte Eine Königliche Hochlöbliche Regierung ich ganz gehorsamst meine bisherige Schulstelle mir entziehen und meine Entlassung aus dem Schulamte geneigtest verfügen zu wollen.

Mit vollkommener Hochachtung zeichnet sich

Einer Königlichen Hochlöblichen Regierung

gehorsamste Dienerin
G. Schmittdiel
Lehrerin

Eine Königliche Hochlöbliche Regierung
zu
Minden.

Antrag auf Entlassung aus dem staatlichen Schuldienst
Staatsarchiv Detmold

Bökendorf, den 6ten August 1858
Regierungsbezirk Minden
Schulinspektionsbezirk Brakel

Betrifft

Die Entlassung der Lehrerin
Gertrud Schmittdiel
aus dem Schulamte

Königliche, Hochlöbliche
Regierung!

Da ich mich nach sorgfältiger Prüfung zum Eintritt in einen religiösen Orden entschlossen habe, so bitte Eure Königliche Hochlöbliche Regierung ich ganz gehorsamst meiner seitherigen Schulstelle mich entheben und meine Entlassung aus dem Schulamt geneigtest verfügen zu wollen.

Mit vollkommener Hochachtung zeichnet sich

Einer Königlichen, Hochlöblichen
Regierung

gehorsamste Dienerin
G. Schmittdiel
Lehrerin

Eine Königliche Hochlöbliche
Regierung
in
Minden

Dieser Antrag wird bereits am 13. September 1858 bearbeitet und ihrem Schreiben wird von der Verwaltung als Randbemerkung hinzugefügt:

1. *„an die Lehrerin Schmittdiel*
   zu Bökendorf bei Brakel.
Auf ihr Gesuch vom 6. Aug. wollen wir genehmigen, daß Sie mit dem 1. Okt. d. J. aus dem von Ihnen seither verwalteten Schulamte ausscheiden..“

2. *Zur Kenntnisnahme wird es den Herren Landräthen zu Brakel und Höxter mitgeteilt.*

Ihre Arbeit in Bökendorf wird in einem Zeugnis so beschrieben:

„Ihr Leben war beispielhaft und tadellos. Sie war bescheiden, zurückhaltend und lebte nur für Gott und ihre Schule. Mit einem auserlesenen Naturtalent begnadet und ausgestattet mit einem außerordentlichen Wissen arbeitete Frl. Schmittdiel unermüdlich an der Entwicklung und der Verbesserung der Kinder; so sehr, daß ihr Erfolg allen ersichtlich war. Gleichzeitig verstand sie es die Liebe der Kinder zu gewinnen, und von dieser Liebe lieferten die Schüler einen einfachen und bewegenden Nachweis.“[99]

GERTRUD SCHMITTDIEL VERLÄSST ZUM 1. OKTOBER 1858 IHRE SCHULSTELLE IN BÖKENDORF

[99] Schreiben des Mutterhauses an die Schwestern der christlichen Liebe 1917.

7. Schwester der christlichen Liebe in Paderborn

Schaufenster in die Vergangenheit: Soziale Situation im 19. Jahrhundet

Durch die Säkularisation der kirchlichen Güter und der Klöster wurden zu Beginn des 19. Jahrhunderts viele soziale Einrichtungen für die ärmeren Schichten des Volkes ebenfalls mit aufgelöst, so die häusliche Krankenpflege, die Unterstützung der Armen durch Stiftungen und Kirchengemeinden, die Versorgung mit Nahrung und Arzneimitteln an den Klosterpforten und die Klosterschulen.
Die amtliche Armenfürsorge regelte in den preußischen Gebieten das Allgemeine Landrecht. Dieses zeigte seine Schwäche in der Versorgung der armen Kranken. In der Betreuung der Menschen, die sich aus einer Notlage nicht selber heraushelfen konnten, setzten die ersten kirchlichen Armenpflegeeinrichtungen wieder an. Mit ihren Unternehmungen wehrten sich Frauen gegen soziale Missstände und stellten sich entschieden auf die Seite der Armen: „*Dies lief letztlich auf eine geschlechterspezifische Parteinahme hinaus, da Mädchen und Frauen von den negativen Folgen des Wandels in besonderer Weise betroffen waren und ihnen in der Regel weniger staatliche oder private Fürsorge entgegengebracht wurde.*“[100]
Die soziale Not des frühindustriellen Großstadtproletariats führte zu privaten Karitaskreisen, deren ehrenamtliche Aktive aus den wohlhabenden bürgerlichen Schichten oft eine starke Bindung an die katholische Kirche fanden. Aus diesem Personenkreis wurden neue karitative Genossenschaften ins Leben gerufen.
Eine dieser neuen Kongregationen wurde von Pauline von Mallinckrodt im Jahre 1849 in Paderborn gegründet und den Namen „*Genossenschaft der Schwestern der Christlichen Liebe*“ gegeben. Ihre zeitgenössische Motivation der sozialen Mutterschaft setzte sie vielfältig in die Praxis um: Sie begründete die erste Blindenschule in

---

[100] R. Meiwes: Arbeiterinnen des Herrn, Katholische Frauenkongregationen im 19. Jahrhundert, S. 191

Preußen, Kinderbewahranstalten, aus denen sich die Kindergärten und Kindertagesstätten entwickelten, und unterhielt Armenschulen mit dem ganz modernen Ziel, alle Kinder in die Lage zu versetzen, ihren Lebensunterhalt selber zu verdienen.

Genossenschaft der Schwestern der christlichen Liebe

Die Gründerin der „Genossenschaft der Schwestern der christlichen Liebe“ - Pauline von Mallinckrodt - stammt aus einer wohlhabenden und wohlangesehenen Familie, einem alten westfälischen Adelsgeschlecht. Ihr Vater ist Regierungsvizepräsident in Aachen und ihre Mutter die Tochter des fürstbischöflichen Hofrats Georg von Hartmann in Paderborn. Ihr Elternhaus in Aachen ermöglicht ihr Schulbildung. Sie besucht zunächst ein privates katholisches höheres Töchterinstitut. Als die Dichterin Luise Hensel in die Leitung der Mädchenschule St. Leonhard eintritt, wird diese in eine Realschule für Mädchen umgestaltet. Dieses städtische Gymnasium ist keine Vollanstalt wie das für die Jungen. Deshalb folgt anschließend der Besuch eines französischen Pensionats in Lüttich.[101] Letztendlich erhält Pauline Einzelunterricht von Gymnasiallehrern und nimmt am Hausunterricht ihrer Brüder teil.[102] Die Ferien verbringt Pauline meist bei den Großeltern mütterlicherseits im Paderborner Land.
Das Haus des Vaters, des Präsidenten von Mallinckrodt, liegt im besten Viertel der Stadt. Er weiß ein gastliches Haus zu halten. Die Gesellschaften und kleineren Zirkel bei Mallinckrodts sind sehr beliebt. Während der Cholera-Epidemie sorgt der Frauenverein mit Paulines Mutter für die Armen der Stadt Aachen.
Die Mutter stirbt 1834. Pauline ist 17 Jahre alt. Im Haushalt sind die Brüder Hermann und Georg, die Schwester Bertha, ein Vetter und vier oder fünf Hausbedienstete. Pauline möchte für alle die mütterliche Sonne weiterscheinen lassen und dem Vater eine gute Stütze sein. Mit anderen Damen Aachens zusammen kümmert sie sich weiterhin um

---

[101] Pauline von Mallinckrodt: Kurzer Lebensabriß, S. 8
[102] Ebd., S. 7

die armen Kinder und um die Pflege alter, verlassener und kranker Menschen. Ihre Lehrerin Luise Hensel und ihr Religionslehrer, der spätere Weihbischof Claessen von Köln, sind ihre geistigen und geistlichen Führer. Hier kommt sie mit dem Gedankengut des Ultramontanismus in Kontakt, der ihr weiteres kirchliches Leben beeinflusst.

Ultramontanismus

Der Ultramontanismus war eine Bewegung der französischen katholischen Kirche des 18. Jahrhunderts. Der Begriff stammt aus dem lateinischen „ultra montes" – jenseits der Berge (der Alpen), also in Rom. Die Bewegung betonte den Vorrang und die Autorität der römischen Päpste und wollte diese Vormachtsstellung sogar noch verstärken. Sie bekämpfte in Wort und Tat die Aufklärung, den Liberalismus und auch den Protestantismus.
Die Revolutionsmaximen „Freiheit, Gleichheit und Brüderlichkeit" wollte die Kirche in Frankreich nicht für sich und ihre Lehre gelten lassen. Eine Zeitlang wurde infolge dieser Haltung die Kirche für ungesetzlich erklärt, Orden unterdrückt und Kirchengüter eingezogen. 1801 wurde unter Napoleon ein Konkordat geschlossen: Die Kirche verzichtete auf ihre früheren Besitzungen, der Staat kam für den Unterhalt der Geistlichen auf. Die Beziehungen zwischen Staat und Kirche blieben jedoch während des ganzen 19. Jahrhunderts spannungsvoll.
Durch die Kirche ging in dieser Zeit zudem eine tiefe Spaltung in zwei politische Lager: Die „Gallikaner" wollten eine sowohl katholische als auch französische Kirche, so unabhängig von Rom wie nur möglich. Die Ultramontanisten hingegen wollten die Kirche in Frankreich so eng wie möglich an die Autorität des Papstes binden. In allen Fragen des Glaubens und der Moral waren die Anhänger der Bewegung extrem papsttreu. Der Ultramontanist Joseph de Maistre beispielsweise argumentierte 1819 in seiner berühmten Schrift „du Pape" (über den Papst), dass eine Gesellschaft für ihren Zusammenhalt einer zentralen Autorität bedürfe.

Die beiden Säulen dieser Autorität seien das Papsttum und der von Gott eingesetzte Monarch.
Nach Napoleon gewann der Ultramontanismus auch Boden in anderen katholischen Ländern. Im 19. Jahrhundert setzte sich die erstarkte konservative Strömung in Deutschland gegen den Reformkatholizismus durch, wie zum Beispiel bei der Neubesetzung von Bischofsstühlen. Hier wurde streng auf eine romkonforme Ausrichtung geachtet. In der Zeit des Vormärz und der Märzrevolution von 1848 kam jedoch als Reaktion auf den reaktionären Ultramontanismus eine neue Deutsch-Katholische Bewegung in Gang.
Im ersten Vatikanischen Konzil (1869- 1870) unter Pius IX erreichte die Macht des Papsttums ihren Gipfel. Die Ultramontanisten setzten sich durch und deutliches Zeichen dieses Siegs war das beschlossene Dogma von der Unfehlbarkeit des Papstes: Der höchste kirchliche Würdenträger ist unfehlbar, wenn er „ex cathedra" also offiziell über Dinge des Glauben und der Moral spricht. Nach dem ersten Vatikanum nahm die politische Macht der Päpste jedoch kontinuierlich ab, die Ultramontanisten verloren an Einfluss.
Heute wird der Begriff „Ultramontanismus" für romfreundliche Haltungen verwandt – beispielsweise im deutschen Kulturkampf. [103]

1839 zieht der Vater mit der ganzen Familie in die Gegend von Paderborn um. Pauline wird Schriftführerin des neuen Frauenvereins zur Pflege armer Kranker in Paderborn. 1840 eröffnet sie eine Kinderbewahranstalt mit acht Kindern.
1842 stirbt auch ihr Vater. Pauline ist 25 Jahre alt. Im selben Jahr zieht Pauline nach Paderborn und nimmt in ihrem Kinderasyl das erste blinde Mädchen auf. In den nächsten beiden Jahren baut sie eine Privat-Blindenanstalt auf. Dabei stehen ihr Priester und ein Arzt mit Rat und Tat zur Seite. Die Anstalt wird am 6. Dezember der Provinzialregierung unterstellt und durch die Regierung und Spenden finanziert.
Sie sucht gleichgesinnte Helferinnen und findet sie in der Lehrerin Agatha Rath und der Lehramtsanwärterin Mathilde Kothe. Später

[103] R. Brockhaus: Die Geschichte des Christentums, S. 502

stößt noch Elisabeth Schlüter dazu, die Erfahrung in der Krankenpflege aufweist.
Lange und gründlich sucht Pauline nach dem richtigen Weg der geistlichen Gemeinschaft. Nach dem Studium vieler klösterlicher Gemeinschaften und deren Regeln und durch den geistlichen Zuspruch der Kirchenleitung in Paderborn entschließt sie sich, eine eigene Kongregation zu gründen. Durch Spenden von Geistlichen erwirbt sie ein fünf Morgen großes Grundstück vor dem Kasseler Tor in Paderborn. Auf diesem Grundstück steht heute die Provinzial-Blindenanstalt. Im Wohnhaus des mit ihrem Privatvermögen käuflich erworbenen Nachbargrundstücks richtet sie das Mutterhaus ein. 1848 zieht die Kleinkinderbewahranstalt ins Torhaus vor dem Kasseler Tore.
Ebenfalls 1848 stellt sie den Antrag zur Genehmigung der Kongregation an den Oberpräsidenten der preußischen Provinzialregierung in Münster. Bereits im folgenden Jahr - am 24. Februar 1849 - verleiht König Wilhelm IV. der künftigen Kongregation die Kooperationsrechte. Nun dürfen die Frauen auf ihr gemeinsames Ziel hinarbeiten.
Mutter Paulines nächste Aufgabe ist, den Geist der Gemeinschaft festzuschreiben und die Regeln des Zusammenlebens zu entwerfen. Sie wählt für ihre Stiftung den Namen „Genossenschaft der Schwestern der christlichen Liebe“. Deren Aufgabe soll neben der eigenen Heiligung die Ausübung von vielfältigen christlichen Liebestätigkeiten sein. Die Regel des Hl. Augustinus scheint ihr die beste Voraussetzung für das Erreichen der Ziele der Selbstheiligung und der Erziehung der Jugend zu sein.
In der Frage der gemeinsamen Ordenskleidung entscheiden sich die vier Frauen für das einfache Gewand der Lehrerin: „*Dem weißen Häubchen , ... , wird ein etliche Zentimeter breiter Leinenstreifen vorgesetzt als unterschiedliches Merkmal und ein leichter schwarzer Schleier darüber getragen. Der schmale Halskragen und die schmalen Ärmelaufschläge aus weißem Leinen bleiben. Beim Gottesdienst und bei Ausgängen soll ein weiter schwarzer Mantel getragen werden.*“[104]

---

[104] A. Schmittdiel: Pauline von Mallinckrodt, S. 133

Pauline von Mallinckrodt
Gründerin der Kongregation der Schwestern der christlichen Liebe
Archiv der Schwestern der christlichen Liebe

Mit der Einkleidung am 21. August 1849 legen die vier Frauen ihre ersten Gelübde ab. Gleichzeitig ist damit die Kongregation gegründet. In den Aufzeichnungen vom 4. November 1850 schreibt die Stifterin über diese Feier:

„Es ist mein fester Vorsatz, in dieser Gemeinschaft zu leben und zu sterben, so sprach ich, und Alles zu meiden, was meinen hier erklärten Willen wankend machen könnte. Ich gelobe die geistlichen Räthe der Armut, der Keuschheit und des Gehorsams nach der in der Genossenschaft üblichen Weise. Ich sagte, daß ich dem Bischof und seinem Stellvertreter, der Mutter und ihren Stellvertreterinnen pünktlich und willig folgen wolle. Sollte also der Bischof eine andere zur Oberin bestellen, so habe ich mich ihr zum Voraus von ganzem Herzen unterworfen ... Ich erklärte: dem Dienst der Blinden, der Kinder, der Hülfsbedürftigen meine Zeit und Kräfte, Gesundheit und Leben weihen zu wollen. - Lieber Gott, hilf mir dazu! - Ein Opfer Deiner heiligen Liebe möchte ich werden, mich verzehren im Dienste der Nächstenliebe ..."[105]

Bischof Konrad bestimmt Pauline zur Oberin der Gemeinschaft. Von diesem Augenblick an heißt sie Mutter Pauline Schwester Maria ist Lehrerin der Blinden im Gartenhaus, Schwester Mathilde Lehrerin der Verwahrschule im Torhaus und Schwester Elisabeth versorgt den Haushalt und die Krankenpflege. Mutter Pauline ist als Oberin, Novizenmeisterin und Institutsleiterin die Seele des Ganzen.

Mit all ihrer Kraft bemüht Mutter Pauline sich, die Genehmigung des Bischofs zu erhalten, im Mutterhaus täglich die Messe feiern zu dürfen und die Hl. Kommunion empfangen zu können. Jeder ihrer Schwester sollte diese Möglichkeit erschlossen werden. Mit ihrer Bitte wendet sie sich an den Bischof.

[105] A. Bungert: Pauline von Mallickrodt, S. 27 ff

Das Allerheiligste Altarsakrament

Nach dem 4. Laterankonzil (1215, unter der Leitung von Papst Innozenz III) entwickelte sich die Abendmahlslehre in differenzierte Formen. Zum ersten Mal tauchte im Glaubensbekenntnis eine Definition der „Transsubstantiation" auf. Dieser Terminus bezeichnet die Lehre der katholischen Kirche von den Elementen im Abendmahl. Brot und Wein werden durch den Priester am Altar in ihrer Substanz real verwandelt in Leib und Blut Christi. Der Ritus der Wandlung wurde nach und nach Höhepunkt des Gottesdienstes. Es gab vermehrt Andachten neben dem liturgischen Gottesdienst. Im Verlauf dieser Entwicklung wurde zum Beispiel auch das Fronleichnamsfest eingeführt.
Um 1246 machte der Lütticher Bischof Robert von Thourotte in seiner Diözese dieses Fest bekannt und folgte damit einem Offizium der Augustineräbtissin Juliana von Cornillon und anderen Frauen von Lüttich. 1264 dehnte Papst Urban IV, zuvor Erzdiakon von Lüttich, dieses „Fest des Leibes Christi" als verpflichtendes Fest auf die ganze Kirche aus. Im Mittelpunkt von Fronleichnam, das in katholischen Regionen immer am zweiten Donnerstag nach Pfingsten begangen wird, verehrt die Festgemeinde in einer Prozession das Allerheiligste – die Hostie in der Monstranz. In einem eigenen Fest wird also das Geheimnis der heiligen Eucharistie ganz explizit verehrt und zelebriert – und sie wiederum bildet die drei Glaubensbereiche des heiligen Altarsakraments: Opfer, Mahl (Kommunion) und bleibende Gegenwart des Herrn im Allerheiligsten Sakrament des Altares. Diese Bereiche bedingen und ergänzen einander.

Opfer: Jesus Christus opfert sich in der Heiligen Messe für die Menschen, sein Tod am Kreuz bedeutet Erlösung. Dieses Erlösungsopfer dauert fort und wird gegenwärtig gesetzt, wenn der Priester in der Person Christi und in der Einheit mit der Kirche (als dem Volk Gottes) die heilige Messe feiert.

Mahl (Kommunion): Jesus schenkt sich den Gläubigen bei der Heiligen Kommunion in der Gestalt des Brotes (Hostie). Er ist das „Brot des Himmels", das ewiges Leben schenkt.

Allerheiligstes Altarsakrament: In diesem Sakrament bleibt Jesus Christus gegenwärtig. Die katholischen Gläubigen beten vor dem Altar, knien bei der Wandlung. In feierlicher Prozession unter der Gestalt des Brotes wird der Leib Christi an Fronleichnam in einer Monstranz (ein in Gold gehaltenes Gefäß) durch die Straßen getragen und angebetet.[106]

Mutter Paulines große Verbundenheit mit dem Hl. Altarssakrament sollen folgende Texte veranschaulichen: *„So tut sie immer, wenn sie Sorgen zu bedenken hat. ‚Sie konnte stundenlang so knien, daß es uns ermüdete, sie so lange auf den Knien zu sehen'*, *weiß ihre zweite Nachfolgerin* - Schwester Philomena - *zu erzählen.“*[107]
„Lange kniet sie vor dem Tabernakel und erkennt, daß sie noch mehr der Christusverbundenheit bedürfe; denn nur Christus kann in ihr und durch sie wirken, was ihre heilige Aufgabe verlangt. Ihre Seele wendet sich zum Geliebten im Tabernakel: ‚Nimm du selbst mich in die Schule, mein geliebter Meister; ich will so gern von dir lernen. Lehre mich, mich selbst zu beherrschen, jede Laune unter die Füße zu treten! Vorzüglich bitte ich dich um eine unbeschreibliche Lieblichkeit und Liebenswürdigkeit im Umgange, daß ich doch niemand verletze, niemand verwunde, sondern allen alles werde, alle zu dir hinführe.
Herr, gib mir die Liebe und Demut, damit ich dir gefalle, ich habe genug; kein anderes Auge suche ich als nur das Deine. O gib mir tiefe Erkenntnis meiner Armseligkeit, verabgründe mich in dir; mein Leben sei verborgen in dir!' Wie kühn sie bittet! Ein volles Maß genügt ihr nicht; ein überfließendes an Liebe begehrt sie.“[108]

Bischof Konrad kleidet die nächsten Schwestern im Mutterhaus ein. Er gibt ihnen Unterricht und kommt zur Visitation.

[106] URL: http://www.heiligenlexikon.de
[107] A. Schmittdiel: Pauline von Mallinckrodt, S. 174
[108] Ebd., S. 176

Die ersten Frauen, die in die Kongregation eintreten, sind erfahrene Lehrerinnen und reife Persönlichkeiten. Bald gesellt sich eine Schar junger Kandidatinnen dazu. Überall aus Deutschland melden sich Interessentinnen fürs Noviziat. Die Nachfrage ist riesig.
Ab dem Jahre 1851 verzweigt sich die Kongregation bereits. Verschiedene Schulen und Waisenhäuser werden übernommen. Da die Genossenschaft ihre HAUPTAUFGABE in der Förderung von Erziehung und Unterricht der weiblichen Jugend sieht, übernimmt sie Schulen, eröffnet dazu - wo es notwendig ist - Mädchenpensionate, und leitet jede Art von Häusern zur Erziehung und Ausbildung - vorrangig für die weiblichen Jugendlichen.
Eigene Klosterbauten werden noch nicht errichtet. Voraussetzung für die Übernahme ist deshalb ein gut abgegrenzter Wohnbereich – Klausur - und ein abgeschlossenes Gärtchen. Die Frauen besuchen den Gottesdienst in den Niederlassungen in der Pfarrkirche, selbstverständlich in Ordenskleidung und an hervorgehobener Stelle im Altarraum. Auf diese Weise wird auch ihr religiöses Wirken sichtbar.
In der ersten Filiale der Kongregation - dies ist in *Dortmund* - beginnt Schwester Mathilde ihre Arbeit als erste katholische Mädchenschullehrerin 1851 allein und unter ärmlichen Bedingungen. Größere Schwierigkeiten bei der Bewilligung der Arbeitsgenehmigung waren vorausgegangen. *„War doch die Ordensschwester mit dem Säkularisationsbeschluss von 1815 von der Bildfläche verschwunden." „Jedoch die Propsteigemeinde der Stadt ... hat ein altes verbrieftes Vorschlagsrecht bei der Besetzung einer Schulstelle." „Gegen diese und andere Bedenken findet Mutter Pauline die rechten Gegengründe."*[109]
Im gleichen Jahr wird schon eine zweite Filiale im Waisenhaus in *Steele* bei Essen an der Ruhr eröffnet. Einstmals eine Gründung der Fürstäbtissin des Hochstifts Essen, kommen nach der Säkularisation weltliche Mitarbeiter und Mitarbeiterinnen ins Haus. Nun steht es nicht zum besten. Von der Direktion wird um Lehrerinnen für die Mädchen, um Erzieherinnen für die Knaben und um tüchtige Wirt-

[109] Ebd., S. 153 ff

schafterinnen gebeten. Mutter Pauline führt die Schwestern selber ein – zwei Tage vor Weihnachten. Einige Monate bleibt sie dort als Lehrerin, Wirtschafterin und Mutter der Kleinen und Großen.
Manche junge Lehrschwester wird in den folgenden Jahren nach Steele oder Dortmund geschickt.
Die private Mädchenschule in *Viersen* im Rheinland ist eine Gründung der Schwestern der christlichen Liebe. Sie sind seit 1859 in der Stadt. Anfang der 1860er Jahre suchen die Verantwortlichen der Pfarreien eine Möglichkeit, dass die Schülerinnen nur noch von Lehrerinnen unterrichtet werden. Der Schulvorstand überträgt auf Anraten von Oberpfarrer Schroeteler den Unterricht der oberen Mädchenklassen an die Schulschwestern der christlichen Liebe aus Paderborn. Die Regierung erteilt die Genehmigung am 23. Oktober 1860. Zunächst finden die Klassen in einem Haus an der Petersstraße Unterkunft. Die Räume sind allerdings ungeeignet. So entschließen sich die Schwestern, das frühere Hilger'sche Gasthaus, ein Haus ersten Ranges, zusammen mit den Gärten zu erwerben. Das Gebäude wird so umgestaltet, dass es den Anforderungen eines klösterlichen Lebens entspricht. Der Schule wird ein Pensionat angegliedert. Im rückwärtigen Teil des Hauses wird eine Klosterkapelle eingerichtet und 1862 durch den bekannten Prediger Pater Haßlacher unter Beteiligung vieler Geistlicher eingeweiht.
Auch in *Sigmaringen* in Hohenzollern und in *Konstanz* am Bodensee werden Filialen eingerichtet. Aus dieser Zeit stammt folgende Begebenheit: Als die Schwestern ihr erstes Schuljahr in Sigmaringen beenden, hoffen sie auf Exerzitien im Mutterhaus in Paderborn. Zu dieser Zeit - es ist das Jahr 1859 - reist Mutter Pauline zur Gründung der neuen Niederlassung nach Konstanz. Sie unterbricht die Reise für einige Zeit in Sigmaringen und führt dort mit einem Mädchen die gesamte Wirtschaft. Die Hausoberin und die Schwestern lässt sie die Stille der Exerzitien - jedoch in Sigmaringen - genießen.[110]

---

[110] A. Schmittdiel: Pauline von Mallinckrodt, S. 184 ff

Im November 1854 entsendet Mutter Pauline die ersten drei Schwestern zur Übernahme der Volksschule in *Solingen.*
Mitte des Jahres 1857 sind es 45 Schwestern in sechs Filialen. 30 blinde Kinder leben in der Paderborner Anstalt.[111]
Eine enge Freundschaft besteht zwischen der Stiftsdame Ludowine von Haxthausen und Pauline von Mallinckrodt. Bereits 1842 lädt Ludowine als Leiterin des Waisenhauses Brede bei Brakel Pauline zu deren ersten Exerzitien ein. Als Exerzitienmeister verpflichtet Ludowine Pastor Dr. Tewes. Dieser hat in Rom studiert und dort die ignatianischen Exerzitien kennen gelernt. In den folgenden Jahren gewinnt er Pauline für die Idee der *Lehrerinnen-Exerzitien*, die bis heute von der Kongregation in Paderborn angeboten werden. Pauline bietet in ihren Häusern weltlichen Lehrerinnen und allein stehenden und verheirateten Frauen Gelegenheit, an Exerzitien teilnehmen zu können.

Nicht nur für das geistliche Wohlergehen der Lehrerinnen in preußischen Diensten sorgt sich Pauline von Mallinckrodt, sie beschäftigt sich auch mit deren alltäglichen *Lebenssituation. „Auch die Lage der Lehrerin drängt zum Zusammenschluß. Die Lehrerin hat vielerorts schon die Witwe abgelöst, die nach Aufhebung der Klöster die Erziehungs- und Unterrichtsaufgaben der ausgewiesenen Nonnen übernahm. Sie stellt einen neuen Typ alleinstehender Frauen dar, und es fehlt ihr jene Bindung mit Sicherheit, die früher der ehelosen Frau in den umhegten Bezirken von Familie, Stift und Kloster geboten war. Ein Lehrerinnenbund nach dem Plan von Pastor Tewes konnte nicht allein geistiger Art sein, er mußte auch die weltlichen Belange dieser Berufsgruppe stützen und fördern und das Recht der einzelnen vertreten.“*[112]

In folgendem Brief zeigt sich Pauline von Mallinckrodts praktischer Verstand:

---

[111] A. Bungert: Pauline von Mallinckrodt, S. 31
[112] A. Schmittdiel: Pauline von Mallinckrodt, S. 131

Paderborn, den 26.5.1852

Um dem Übelstand des vereinzelten Wohnens der Schulamtskandidatinnen in der Stadt einigermaßen zu heben und deren schulische Erziehung zu fördern, erklärt sich die Unterzeichnete bereit mehrere derselben aufzunehmen und für deren Beaufsichtigung und schulische Erziehung unentgeltlich Sorge zu tragen. ... des jährlichen Kostgeldes von 58 M sowie für 3 M Heizung und Licht für jede ... Für Bettstellen und Staustücke ist die Unterzeichnete zu sorgen bereit, die Beschaffung der übrigen Betten bleibt Sache der betreffenden Kandidatinnen, so wie sie auch die Besorgung ihrer Wäsche selbst übernehmen.
Die Erlaubnis, daß einzelne Schwestern oder Postulantinnen unserer Genossenschaft an dem Seminarunterricht teilnehmen dürfen, wird Euer Hochlöbliches Preuß. Schul-Collegium gewiß die Güte haben zu erteilen.

Schwester Pauline von Mallinckrodt
Oberin der Genossenschaft der Schwestern der christlichen Liebe[113]

Dem Wunsch vieler Eltern nach einer höheren Töchterschule für die begabten Mädchen des Volkes und die Töchter der gehobenen Bürgerschichten lehnte Pauline von Mallinckrodt - so lange sie konnte - ab. Sie sah diese Entwicklung im Zusammenhang mit den *„volkszersetzenden“* Kräften des im *„Maschinenzeitalters aufgebrochenen Klassengeist(*es*)“*.[114] Letztlich muss sie den Widerstand gegen die unterschiedliche Ausbildung ihrer Lehrschwestern aufgeben, als der Staat auf dem gesetzlichem Weg höhere Anforderungen verlangt.
Im April 1859 reist Bischof Konrad Martin nach Rom. Dort erwirkt er die Anerkennung der Konstitutionen. Gleichzeitig erhält die Kongregation der Schwestern der christlichen Liebe von Papst Pius IX. im Dekret vom 13. April 1859 den Ehrennamen *„Töchter der allerseligsten Jungfrau Maria von der Unbefleckten Empfängnis“*.[115]

[113] Archiv des erzbischöflichen Generalvikariats in Paderborn, Band XV,41
[114] A. Schmittdiel: Pauline von Mallinckrodt, S. 197
[115] C. Franke: Pauline von Mallinckrodt, S. 29

Es ist das Jahr des 10jährigen Bestehens der Kongregation. Außer der päpstlichen Anerkennung bringt es auch den Beschluss der Preußischen Regierung, dass die Lehrerinnen der Genossenschaft als solche in den öffentlichen Schulen unterrichten können.

Gertrud Schmittdiel tritt 1858 in die von Pauline von Mallinckrodt zu Paderborn gegründete Genossenschaft der Schwestern der christlichen Liebe ein

Das genaue Datum ihres Eintritts ist der 23. Oktober 1858. Der Eintritt in eine Kongregation ist auf den ersten Blick – so auch bei Gertrud Schmittdiel - durch die Abwicklung von Formalitäten bestimmt. Sie muss einen Taufschein, ein Zeugnis des zuständigen Pfarrers und ein Attest über den gesundheitlichen Zustand vorlegen.[116] Dieses zeigt ebenso wie auch die Klärung der finanziellen Ansprüche gegenüber Erbschaft, Mitgift, Aussteuer und Vermögen, dass längere Verhandlungen dem Eintritt vorausgehen. Die Kongregationen verhalten sich flexibel in Bezug auf die finanziellen Leistungen der Kandidatinnen. Deshalb können auch nicht vermögende Frauen eintreten. Man erwartet gute Fachkräfte, durch deren Tätigkeiten die Kongregation Einnahmen erwirtschaftet.
21 Jahre entsprechen dem gängigen Eintrittsalter in die Kongregation. Keine entscheidende Rolle spielt bei den Schwestern der christlichen Liebe die Herkunft oder der Familienstand. Sie orientieren sich nicht an äußeren Faktoren sondern am dem psychischen Empfinden der Frau, *„welche(s) dem Geist unserer Genossenschaft sehr hinderlich und verderblich sein könnte.“*[117]. Jedoch sollten sie mit möglichst vielen *„Gaben der Natur und der Gnade“* ausgestattet sein und bei zukünftigen Lehrerinnen wird eine *„gute Schulbildung, mit besonnener Überlegung in Behandlung der Dinge oder doch mit gutem Urtheil*

[116] R. Meiwes: Arbeiterinnen des Herrn, S. 135
[117] Konstitutionen der Schwestern der christlichen Liebe 1895, S. 63

zu deren Erlangung“ und *„ihr Gedächtnis die Kraft habe, zu fassen und das Gesagte treu zu behalten“* erwartet.
Das Postulat dauert drei Monate bis ein Jahr. Während dieser Zeit wird weltliche Kleidung getragen. Am Ende stimmen sich die Professschwestern ab, ob die Kandidatin ins Noviziat eintreten darf. Von geeigneten Schwestern wird der Generaloberin und ihren Assistentinnen ein Gutachten vorgetragen, auf Grund dessen die letzteren über die Aufnahme entscheiden.[118] Danach bittet die Kongregation den Bischof um Zustimmung zur Einkleidung der Postulantin.

GERTRUD SCHMITTDIELS FEIERLICHE EINKLEIDUNG FINDET BEREITS AM 2. FEBRUAR 1859 IM MUTTERHAUS IN PADERBORN STATT

SIE ERHÄLT DEN KLOSTERNAMEN SCHWESTER PHILOMENA

Gertrud Schmittdiel erhält bereits nach drei Monaten das Ordenskleid aus der Hand von Bischof Konrad Martin und den Klosternamen Philomena. Diese feierliche Einkleidung findet am 2. Februar 1859 statt.
*„In bräutlichem Weiß nahen diese (*Kandidatinnen*) dem Altare; ... Weihe der Ordenskleidung und Opferung der Brautkerzen vor der heiligen Messe, Verkündigung der neuen Namen ... .Wie aber die bräutlich Gekleideten mit geweihter Gewandung auf dem Arm vom Altar der Sakristei zuschreiten und bald darauf im Ordenskleid auf ihren Plätzen knieen, da geht doch manchem der Gedanke ein, daß die Einkleidung Sinnbild einer großen Absage an die Welt ist.“*[119]

Der Namenswechsel zeigt die neue Identität und die Lösung von der Familie an. Als Novizin trägt sie noch einen weißen Schleier auf dem Kopf, während die Professschwestern einen schwarzen tragen.

[118] Ebd., S. 65
[119] A. Schmittdiel: Pauline von Mallinckrodt, S. 142

Die Heilige Philomena

Im Mai 1802 wurde in der Priscilla-Katakombe in Rom das Skelett einer jungen Frau gefunden. Neben ihrem Kopf lag eine Ampulle mit vermeintlichen Blutresten. Schnell wurde vermutet, dass dies die sterblichen Überreste von Philomena sein könnten, einer jungen Märtyrerin, die um 300 n.Chr. in Rom gelebt haben soll. Der Name kommt aus dem Griechischen und bedeutet „die das Leben liebende".
Das Skelett wurde zuerst nach Neapel und von dort nach Mugnano in der Diözese Nola gebracht. Regen nach langer Dürre sowie Heilungen von Kranken wurden der neuen Heiligen zugeschrieben. Die Verehrung breitete sich rasch in ganz Italien aus und Philomena wurde zur Wundertäterin des 19. Jahrhunderts. Johannes-Maria Baptist Vianney, Pfarrer von Ars, machte seine Gemeinde mit der Verehrung der Heiligen zum damals größten Wallfahrtsort Frankreichs. Papst Pius IX verlieh Philomena den Ehrennamen „Beschützerin des Rosenkranzes".
Philomena gilt als Patronin der Kinder und Kleinkinder, der werdenden Mütter, der Gefolterten und Gefangenen. Der katholische Gedenktag der Römerin war der 11. August, ehe die Liturgiekongregation die öffentliche Verehrung 1961 endgültig aus dem Kalender strich. [120]

Das Noviziat ist die Ausbildungszeit der Kandidatinnen in Bezug auf das Eingewöhnen in das christliche Leben einer religiösen Gemeinschaft. Abgesondert von den Professschwestern im Generalmutterhaus leben die Novizinnen zwei Jahre lang unter der Leitung einer Novizenmeisterin. Dies ist vermutlich Pauline von Mallinckrodt selbst. Gemeinsam üben sie, die Tagesordnung im Wechsel zwischen Arbeit, Religion und Rekreation zu leben. *„Kompensation für die anstrengende Arbeit boten Zeiten der Kontemplation sowie der Rekreation. Im Verlauf des Tages wechselten sich Phasen intensiver Arbeit mit religiösen Übungen ab, die die Aufmerksamkeit der Frauen ver-*

[120] URL:http://www.heiligenlexikon.de

langten, aber körperlich und geistig weniger strapaziös waren als die beruflichen Tätigkeiten als Krankenpflegerin oder Lehrerin. Zudem stellten die festgesetzten, täglichen Phasen der Rekreation – eine freie Zeit ohne Arbeit – für weibliche Lebensentwürfe eine Besonderheit dar und erhöhten die Attraktivität genossenschaftlichen Lebens. Selbst bürgerlichen Frauen blieb kaum Zeit für sich selbst."[121]

Während der Einführung in das klösterliche Leben, der Zeit des Postulats und des Noviziats, kann die Novizin an der Weiterbildung der Lehrerinnen teilnehmen. Für den Musikunterricht wird Gesang, Klavier- und Orgelspiel angeboten. Den Fremdsprachenunterricht erteilen zwei Französinnen.

Die Förderung des geistlichen Lebens nimmt die tragende Stellung ein: *"In dem Maße, wie Sie die eigene Seele schätzen, werden Sie auch den unendlichen Wert der unsterblichen Seelen Ihrer Kinder schätzen lernen."*[122] war die Devise von Pauline von Mallinckrodt. In den Konstitutionen formuliert sie: *„Das höchste Ziel der Genossenschaft ist die größere Ehre Gottes, deshalb bezweckt sie nicht allein, daß ihre Glieder dem Heile und der Vervollkommnung der eigenen Seele mit der göttlichen Gnade obliegen, sondern auch dem Seelenheile und der Vervollkommnung des Nächsten, der Erziehung und dem Unterrichte der weiblichen Jugend, überhaupt den Werken der Nächstenliebe mit allem Eifer sich hingeben.*"[123]

Das Noviziat endet mit der zunächst befristeten Aufnahme in die Kongregation, der sogenannten Profession.

Schwester Philomena legt ihre ersten Gelübde am 10. Oktober 1860 ab

Mit den ersten Gelübden entscheidet sich die junge Ordensfrau für zehn Jahre Ordensleben. In diesem hält sie sich an die Gebote der Armut, des Gehorsams und der Keuschheit. Wieder dient es der persönlichen Prüfung ihrer Entscheidung für das Ordensleben ebenso wie der Kongregation zur Beurteilung ihrer Eignung.

---

[121] R. Mewes: Arbeiterinnen des Herrn, S. 143

[122] Konstitutionen der Schwestern der christlichen Liebe, 1895

[123] Ebd., S. 19

Die junge Klostergemeinschaft strebt folgende drei Schwerpunkte an:

„völlig geduldiges Ertragen der unbequemen äußeren Verhältnisse;

Liebe, die allen wohltuend entgegentritt;

gänzliche Hingabe an den Willen Gottes."[124]

Als junge Schwester wird sie an den Schulen in Dortmund und in Steele eingesetzt. Hier macht sie die ersten Erfahrungen mit den Aktivitäten der Schulen und dem klösterlichen Leben in den von der Ordensgemeinschaft geführten Institutionen.
Für eine kurze Zeit kehrt sie ins Mutterhaus zurück. Dort wird sie für eine sehr schwierige Aufgabe ausgesucht, nämlich die Übernahme der zweiten Grundschulklasse in Solingen.

SCHWESTER PHILOMENA LEITET IN SOLINGEN FÜNF JAHRE LANG DIE ZWEITE ELEMENTARKLASSE

Die Klassen sind mit bis zu 200 Schülerinnen - manchmal sogar mehr - rechtschaffen überfüllt. Es ist keine leichte Aufgabe - besonders mit ihrer empfindlichen Gesundheit - so viele Kinder zur Ordnung anzuhalten und sie sinnvoll und erfolgreich zu beschäftigen. Trotzdem erfüllt sie diese Aufgabe fünf Jahre lang *„ausdauernd, eifrig und pflichtbewußt, wobei sie in hohem Maße die Liebe und Anerkennung der Vorgesetzten und Pfarrgemeindemitglieder sowie der Schüler gewinnt."*[125] Von diesen lebhaften Schützlingen erzählt sie später häufig, auch davon, welche Tricks sie selber angewendet hat, um sie zu gutem Benehmen anzuhalten und um ihre Aufmerksamkeit zu gewinnen und zu fördern.
Mit der Zeit ist ihre Gesundheit so angeschlagen, dass sie 1864 ins Mutterhaus zurückgeholt wird.

---

[124] A. Schmittdiel: Pauline von Mallinckrodt, S. 149

[125] Schreiben des Mutterhauses an die Schwestern der christlichen Liebe 1917

Schwester Philomena wird im Oktober 1864 zur Vorsteherin der Filiale in Viersen bestimmt

Mutter Pauline überträgt ihr jedoch bald darauf eine neue Aufgabe. Am 4. Oktober 1864 wird sie zur Oberin der Filiale in Viersen ernannt. *„Ihre außergewöhnliche Gabe von Geist und Herz"* macht sie dafür *„in ungewöhnlichem Maße geeignet. So sehr sie in Solingen vermißt wurde, so freudig wurde sie in Viersen aufgenommen."* Die große Anerkennung der Mitschwestern kommt in den folgenden Worten der Chronik über diesen Tätigkeits- und Lebensabschnitt zum Ausdruck: *„Schwester Philomena arbeitet in ihrer jetzigen Berufung vollkommen im Sinne unserer Gemeinschaft. Durch ihre große Geduld und Umsicht, ihre tiefe Demut und ihr unerschütterliches Vertrauen in Gott, bezwingt sie die verschiedenen Schwierigkeiten, die ständig auftauchen. Sie besitzt in hohem Maße die Kunst durch zarte, aufopfernde Liebe das Leben bei dieser besonderen Aufgabe angenehm zu machen und alle für Gott zu gewinnen."*[126]

Schwester Philomena wird ab Herbst 1868 als Sekretärin nach Paderborn gerufen

Im Herbst 1868 holt Mutter Pauline die vielseitig begabte Schwester Philomena nach Paderborn ins Mutterhaus zurück. Hier soll sie als ihre Sekretärin arbeiten. Auch in der Funktion als Sekretärin zeichnet sie sich durch *„ihre große Pflichterfüllung"*[127] aus.

Während in den ersten Jahren des Bestehens der Genossenschaft die Leitung des Ganzen fast ausschließlich in den Händen der Stifterin Pauline von Mallinckrodt ruhte, geht die Genossenschaft jetzt zu einer Arbeitsteilung über: Es wird ein Rat von Assistentinnen gebildet, mit denen die Oberin in regelmäßigen Sitzungen alle wichtigen Angelegenheiten der Genossenschaft bespricht und in Schwester Maria Rath eine Generalverwalterin ernannt, die für die Erledigung der geschäftlichen Angelegenheiten sorgt. Das Noviziat erhält mit Schwes-

---

[126] Schreiben des Mutterhauses an die Schwestern der christlichen Liebe 1917
[127] Ebd.

ter Mathilde Kothe eine Meisterin. Der Generaloberin werden für die schriftlichen Arbeiten Sekretärinnen zu Seite gestellt.
Das Tagwerk der Schwestern draußen in den Filialen ist immer randvoll von Arbeit und Opfern und wird es immer bleiben. Deshalb will Mutter Pauline für die Tage der Einkehr im Mutterhaus – sei es für Exerzitien, sei es zur Erholung – einen Ort der Ruhe sichern. Wieder einmal wird im Mutterhaus alles zu klein. Da bietet sich beim Kasseler Tor ein Neubau des Baumeisters Volmer zum Erwerb an. Volmer hat das massive Wohnhaus bereits bis zum 3. Stock fertig gestellt, als im Jahre 1867 die Genossenschaft der Schwestern der christlichen Liebe unter der Leitung von Pauline von Mallinckrodt sich zum Kauf des Gebäudes entschließt. Am 31.10.1867 wird der Kaufvertrag unterschrieben und *„im bekannten Eifer von Pauline"* die Baumaßnahme fortgesetzt. Bereits ein Jahr später ist das Werk vollendet. Drei angrenzende Gärten werden noch dazu erworben. Mit einer Bruchsteinmauer wird der Besitz eingefriedet und der Garten angelegt. Das Gebäude erhält den Namen St. Josephshaus. Schon im Dezember 1868 ziehen die ersten Schwestern ein. Die Kapelle wird am 15.12. 1868 von Bischof Dr. Konrad Martin eingeweiht. Im selben Monat wechseln die alten und kranken Schwester vom Mutterhaus hierhin. Außer als Alten- und Pflegeheim dient es den Erholung suchenden Schwestern als Ort der Ruhe. Verschiedene Schulungsaufgaben werden hierher verlegt.

Als Schwester Philomena vor Ostern 1869 erkrankt, wird ihr eine Erholungszeit in Holthausen ermöglicht.

Das alte Kloster Holthausen bei Büren übernimmt Pauline mietweise und richtet darin ein Erholungsheim für studierende Schwestern ein.

Ende Juni kehrt Schwester Philomena wieder nach Paderborn zurück. Nun beginnt sie ihre Vorbereitungszeit für ihre letzten Gelübde. Sie nimmt an den großen, drei Monate dauernden Exerzitien, dem sogenannten Tertianship, und der Vorbereitungszeit im St. Josephshaus teil.

Schwester Philomena feiert am 12. Oktober 1869 ihre Ewige Profess im Mutterhaus zu Paderborn

Am 12. Oktober 1869 legt sie ihre letzten Gelübde ab, die sie jetzt auf Lebenszeit an den Ordensstand binden.

Schwester Philomena bleibt als Oberin im St. Josephshaus in Paderborn

Schwester Philomena wird als erste Vorsteherin im neuen Haus eingesetzt und bleibt hier bis Herbst 1870. Sie schafft den Geist des Hauses und hält die ersten Kurse ab.
Mit *„großer Selbstaufopferung“* arbeitet Schwester Philomena im St. Josephshaus und führt zur selben Zeit ihre Aufgabe als Sekretärin der Mutter Oberin - so gut es ging - weiterhin aus.

Im Herbst 1870 geht Schwester Philomena wieder als Oberin nach Viersen

Im Herbst 1870 wird Schwester Philomena wieder in Viersen benötigt, um als Oberin Schwester Michaele Hillenkamp zu ersetzen, die ernsthaft erkrankt ist. *„Mit ihrem üblichen Eifer“* ist sie dort bis Frühling 1873 engagiert tätig, bis der Erlass des Ministers Falk die Tätigkeit der Ordensleute in den Schulen zum plötzlichen Stillstand bringt. Das Kloster mit Schule und Pensionat in Viersen ist der erste Verlust für die Kongregation, der durch den Kulturkampf ausgelöst wird.
„Nur mit tiefer Bewegtheit konnte Mutter Philomena später über dieses plötzliche Ende der Aktivitäten sprechen, wie sich die Mitglieder der Pfarrgemeinde am Bahnhof versammeln und in stiller Trauer von den verbannten Schwestern Abschied nehmen.“[128]
Die höhere Mädchenschule wird als staatliche Schule in der Goetterstraße bis 1876 weitergeführt. Das Kloster wird an Benediktinerinnen aus Bonn verkauft.

---

[128] Ebd.

8. Sekretärin und Assistentin in der nordamerikanischen Provinz

Schaufenster in die Vergangenheit: Kulturkampf in Preußen

Preußens Kanzler Bismarck versuchte sich gegen den Einfluss der von Rom gesteuerten Bewegung des Ultramontanismus mit Kampfgesetzen zu wehren. Seit November 1871 durften keine Verträge zur Übernahme von Schulen mit klösterlichen Gemeinschaften mehr abgeschlossen werden. Am 11. März 1872 wurde die kirchliche Schulaufsicht durch die staatliche ersetzt. Von Juni 1872 an ließ Preußen keine Ordensfrauen mehr als Lehrerinnen zu. Etwa 1 000 Schulschwestern waren von dieser Entscheidung betroffen. Sie sollten durch weltliche Lehrkräfte ersetzt werden. Das "Klostergesetz" vom 31. Mai 1875 verbot dann auch die Tätigkeit im höheren Mädchenschulwesen, sowie die Aufnahme von neuen Mitgliedern, ordnete die Auflösung aller Klöster innerhalb von sechs Monaten an, unterstellte deren Vermögen der staatlichen Verwaltung und bestimmte, dass die fortbestehenden Klöster der Staatsaufsicht unterlagen.
Bismarcks Vorgehen gegen das Zentrum und die katholische Kirche in Preußen wird als Kulturkampf bezeichnet. Die einschneidenste Folge der Kulturkampfgesetzgebung war die komplette Verdrängung der Frauenkongregationen aus dem Elementarschulwesen. Verboten wurde die Betreuung von Kleinkindern in Kinderverwahranstalten und die Betreuung von Waisen und anderen in Heimen lebenden Kindern. Staatliche Kindergarten- und weitere Lehrerinnenseminare mussten als Konsequenz in der Folge eröffnet werden.
Auf die Dauer konnte der Staat aber auf die karikative Arbeit der Frauenkongregationen nicht verzichten. Das erste Milderungsgesetz wurde am 14. Juli 1880 erlassen und leitete das Ende des Kulturkampfes ein. Kinderverwahranstalten und die Erziehung von Blinden konnten wieder aufgenommen werden. Ab dem ersten Friedensgesetz vom 21. Mai 1886 konnten erneut Waisenanstalten, Haushalts- und Handarbeitsschulen übernommen werden. Nach dem zweiten Frie-

densgesetz wurden die religiösen Genossenschaften wieder zugelassen. Während ihnen das Elementarschulwesen weiterhin verweigert wurde, durften sie nun im Bereich der höheren Mädchenschulen erneut tätig sein.

Schwester Philomenas Leben gerät in die Mühlen der Politik

Selbst ganz unpolitisch eingestellt, geriet ihr Leben in die Mühlen der großen Politik. Die verheerenden Folgen des Kulturkampfs für die Schwesterngenossenschaft zeigten sich bereits im Jahre 1872. Dort, wo die Schwestern der christlichen Liebe Schulen übernommen haben, wird ihnen gekündigt. Mutter Pauline versucht Aufschub zu erreichen. Ihre Reisen, Verhandlungen und Briefe haben geringen Erfolg. Der Staat hat die Schulaufsicht übernommen und geht rigoros gegen die Orden vor. Die Schwestern im Mutterhaus erleben unaufhörlich traurige Rückkehrerinnen aus aufgelösten Filialen.
Da die Schwestern der christlichen Liebe vorwiegend in der Mädchenbildung engagiert sind, trifft es sie heftig. 1873 unterhalten sie im Bistum Paderborn zehn Mädchenschulen verschiedenster Art. 1888 besteht keine mehr.
Die meisten dieser Frauen hätten nicht in ihre Abstammungsfamilien zurückkehren können. Sie hatten den Wohn- und Essplatz freigemacht, in den andere nachgerückt waren. Mutter Pauline muss in dieser schwierigen Lage selber für ihre vielen „Töchter" sorgen. Die Kongregation hat die lebenslange Versorgung ihrer Mitglieder übernommen. Dies heißt, sie muss neue Wirkungsorte finden. Dies gelingt in Nord- und Südamerika.
Die Schwestern sind bereit, auch im Ausland ihren Dienst zu versehen. Sie arbeiten sich in die Sprache des Gastlandes ein, stellen sich den erforderlichen Prüfungen und fügen sich in die neuen Verhältnisse ein. Erneut fangen sie von vorne an, ihre gewählte Aufgabe zu erfüllen und ihren Lebensunterhalt zu sichern.
So auch Schwester Philomena: Als Erste ist sie mit der Schließung einer Schule konfrontiert worden. Ihre Bewährungsprobe als fähige Führungskraft hat sie unter Beweis gestellt. Auch sie ist bereit, ihre Kraft im Ausland gemeinsam mit den Mitschwestern einzubringen.

Schaufenster in die Vergangenheit: Auswanderung

Die Gründe für die Auswanderung waren vielfältig. Die Auswanderer haben sich aus wirtschaftlichen, politischen, sozialen und religiösen Gründen zum Verlassen ihrer Heimat entschlossen. Viele Menschen in Europa waren unzufrieden. Sie hassten die Herrscher ihres Landes und die Staatsform oder sie waren arm, aber ehrgeizig. Die meisten Einwanderer kamen vom Land. Sie siedelten im Norden, Mittelwesten und Westen der USA. Für Siedler gab es in Europa im Gegensatz zu Amerika kein freies Land mehr. Durch Flucht konnte man sich auch der dreijährigen Militärpflicht in den preußischen Provinzen entziehen. Die deutschen Arbeiter waren meist bitterarm oder arbeitslos. Die amerikanische Industrie mit den Städten Chicago und Detroit brauchte zahllose Arbeitskräfte. Amerikanische Agenten warben Arbeiter in Europa und boten ihnen freie Überfahrt und Arbeitsplätze an. Wer sich selbst Arbeit suchen wollte, erhielt eine verbilligte Schiffskarte.
Nach der Revolution von 1848 verließen rund 80 000 Menschen das Land Baden mit Ziel USA. Die Gründe waren wirtschaftliche und politische. Das Interesse des Großherzogs war es, viele unangenehme Leute zur Auswanderung zu bringen. Sie wurden "Latin Farmers" genannt. Humanistisch gebildet, aber ohne Chance zur Berufsausübung, denn Amerika hatte ein Überangebot von deutschen Rechtsanwälten, Redakteuren und Lehrern. Mathilde Franziska Anneke gründete in Milwaukee jedoch eine Mädchenschule.
Nach Amerika mit seinem enormen und damals noch unbewirtschafteten Landreservoir waren auf die eine oder andere Weise Millionen Europäer, insbesondere auch Deutsche während der großen Hungerkatastrophen in den vierziger Jahren, ausgewandert. Zwischen 1850 - 1880 waren es fünf Millionen Männer, Frauen und Kinder. Schiffe brachten unaufhörlich neue Einwanderer aus Europa.
Nach der positiven wirtschaftlichen Entwicklung in Deutschland seit 1895 reduzierte sich die Anzahl der Auswanderer drastisch.

Schaufenster in die Vergangenheit: Reisen um 1873

Vier Verkehrswege konnten im 19. Jahrhundert gewählt werden: der Landweg auf Straßen - befestigte Straßen nannte man Chausseen - und Wegen mit den von Pferden gezogenen Postwagen, den Binnenschifffahrtsweg auf Flüssen und Kanälen, die Eisenbahnlinien, die bis 1860 die wichtigsten Städte des Landes verbanden, und den Seeweg mit Holz- und Segelschiffen und später mit Stahl- und Dampfschiffen.
Die Reedereien und Schifffahrtsgesellschaften Hamburgs und Bremens waren durch den transatlantischen Handel groß geworden, wobei sich Hamburg stärker auf Handelsgeschäfte und Bremen mehr auf die Schifffahrt zur Beförderung von Auswanderern verlegte. Zucker, Kaffee, Tabak, Gewürze und einige Rohstoffe wurden aus Südamerika nach Europa und in der Gegenrichtung deutsche Waren und Auswanderer nach Nordamerika gebracht.
Wer in die USA wollte, musste Geld besitzen. Die Reise nach Amsterdam auf dem Rhein, nach Rotterdam, nach Bremerhaven auf der Weser oder nach Hamburg auf der Elbe war nicht umsonst. Viele gingen zu Fuß und zogen ihre Habe auf einer Karre mit. Die Sterblichkeit in den Hafenstädten und auf den Schiffen war sehr hoch.
Auf den neuen Dampfschiffen mit ihren Brennstofflagern und ihrer hochspezialisierten Mannschaft wurden die Auswanderer in den überfüllten Zwischendecks ohne jeglichen Komfort untergebracht. Ihren Proviant mussten sie selber mitbringen und ihr Essen selbst an Deck kochen, ebenso brauchten sie eigene Decken und Matratzen, falls sie nicht mit Stroh zufrieden waren. Zwischen den stockwerkartig angeordneten Bettreihen lag ein schmaler Gang mit einem Tisch, auf dem die Mahlzeiten eingenommen wurden. Bei stürmischer See lag alles ständig im Halbdunkel. Welche Luft entstand beim Zusammenleben vieler seekranker Menschen!

Mutter Pauline wird von Bischöfen und Priestern aus Nordamerika um Hilfe gebeten

Seit Bestehen der Kongregation zählt diese bereits nach 20 Jahren etwa 250 Schwestern, die in Deutschland in 20 Häusern wirken. Immer wieder werden neue Anfragen auf Übernahme von Einrichtungen mit Kindern und Jugendlichen aus nah und fern an Mutter Pauline heran getragen.

Im Sommer 1867 besucht sogar der nordamerikanische Bischof Dr. Junker von Alton zusammen mit dem Paderborner Bischof Konrad das Mutterhaus und bittet um Schwestern für die Pfarrschulen in seiner Diözese. Gern geht Mutter Pauline auf diese Bitte ein. Sein plötzlicher Tod verhindert jedoch zunächst die Durchführung zu diesem Zeitpunkt.[129]

Am 19. Juli 1870 erklärt dann auch noch Frankreich Deutschland den Krieg. Alle, auch die Schwestern, verfolgen mit großer Spannung und Interesse die Ereignisse. Wenn es neben der Arbeit in der Schule möglich ist, werden Schwestern für den Krankendienst freigestellt. Nach dem baldigen Ende des Krieges bringt der Kulturkampf in Preußen wegen des Unterrichtsverbots von Schulschwestern neue Belastungen und Anstrengungen für die Kongregation mit sich.

Für Mutter Pauline stellt sich die Aufgabe, den Rückkehrerinnen aus den Filialen außer für Trost auch für Lebensunterhalt und Arbeit zu sorgen. Am 22. November 1872 reist sie deshalb nach Würzburg, um sich dort von einem bekannten Amerikaexperten beraten zu lassen und um in Erfahrung zu bringen, ob sich in Amerika ein neues Arbeitsfeld erschließen ließe. Sie erhält das Angebot, baldmöglichst Schwestern nach New Orleans zu senden, und den Rat, selbst nach USA zu reisen. Beide Angebote wird sie annehmen.

Zuvor gilt es jedoch weitere Hindernisse zu überwinden. Die auswandernden Schwestern sollen sich von ihren Familien verabschieden können. Letztere selbst sind meistens so unbemittelt, dass man den Schwestern und ihren Angehörigen den Abschied sehr verbittern würde, wenn sie die Reisekosten selbst tragen müssten. Zur rechten Zeit kommt Hilfe, damit Mutter Pauline das Geld für die Abschiedsreise geben kann. Zu den Kosten der Überseereise erbittet sie sich ei-

---

[129] Geschichte der Schwestern der christlichen Liebe 1926, S. 13 ff

nen Beitrag vom St.-Xaverius-Verein in Aachen. Für die Schwestern werden Fremdsprachenkurse für Englisch und Spanisch geschaffen. Französische Konversation erteilt Mutter Pauline selbst.
Zeitgleich bittet Pfarrer Bogaerts aus New Orleans um Lehrerinnen für seine Schule in der St. Henry-Pfarrei. Bereits in einem Schreiben vom 7. Juli 1872 lässt ihm Mutter Pauline die Nachricht über den Entschluss zukommen, ihm acht Schwestern zu entsenden.
Die Auswanderung wird mit der ihr üblichen Sorgfalt und Gründlichkeit vorbereitet: Sie korrespondiert mit Bremer Transportfirmen und Reedereien, ersucht bei ihr bekannten Ordensoberen um Übernachtungsmöglichkeiten in den amerikanischen Niederlassungen während der langen Bahnreisen, bittet ihren Bankier-Onkel Bernhard Hartmann um amerikanische Währung und erreicht rechtzeitig die Entlassung der Schwestern aus der deutschen Staatsangehörigkeit. Sieben Schwestern werden für New Orleans ausgewählt. *„Ein wahres Gefühl von Arbeiten und Geschäften, welche die nahe Abreise mit sich brachte, griff nun Platz im lieben Mutterhause, so daß es nicht möglich ist, von diesem Gewirre eine Beschreibung zu geben."*[130]
Als alles vorbereitet ist, erkrankt die Leiterin der Gruppe schwer. Das Trauma der aufgezwungenen Schulschließungen und der mentale Stress der Abschiede verlangt nun seinen Zoll. Die Fahrkarten sind gekauft und die Zeit verrinnt. So wird Schwester Xaveria Kaschke berufen, in die Bresche zu springen. Die Kisten und Koffer werden eilig umgepackt.
Mutter Pauline begleitet am Montag in der Karwoche, dem 7. April 1873, die ersten acht für New Orleans bestimmten Schwestern nach Bremerhaven und bringt sie zum Schiff, das am 9. April ausläuft.
Am 4. Mai 1873 erreichen die Auswanderinnen das in flirrender Hitze liegende New Orleans. Das *„Dröhnen einer mächtigen Kanone"* begrüßt die Reisenden beim Einlaufen des Schiffes in den Hafen von New Orleans. Eine gewaltige Menschenmenge ist versammelt. So weit das Auge reicht, können die Schwestern vom Deck aus ihnen zuwinkende Hände erkennen. Unvermittelt steht der Pastor der St. Henry-Pfarrei, der Ehrw. Jean Baptiste Bogaerts, neben ihnen an Bord. Er begrüßt sie auf Deutsch und verlässt sie, damit sie ihre Hab-

---

[130] A. Bungert: Pauline von Mallinckrodt, S. 43

seligkeiten zusammenpacken und sich auf den Empfang mit der Pfarrgemeinde vorbereiten können. Am nächsten Tag kommt er mit Pfarrgemeinderäten, Damen der Altargesellschaft und vier Pferdewagen, um die Schwestern in ihr neues Heim zu geleiten. Schwester Xaveria ist entzückt! *„Unterwegs“*, erinnert sie sich, *„kamen wir an wunderschönen Gärten und Parks vorbei. Magnolienbäume, Orangenbäume und Oleander in voller Blüte erfüllten die Luft mit Parfüm.“* Die Pferdewagen halten kurz vor dem Konvent, fahren zur Kirche, wo die ganze Pfarrei versammelt ist. Während die Kirchenglocken dröhnen, händigen kleine weiß gekleidete Mädchen jeder Schwester einen Blumenstrauß aus. In der für diesen Empfang reich geschmückten Kirche spricht Pastor Bogaerts herzliche Willkommensworte und den Segen. Die Menschen geben ihrer Freude über das Kommen der Schwestern mit dem Lied *„Großer Gott, wir loben dich, Herr, wir preisen deine Werke.“*[131] Ausdruck und zeigen damit auch ihr Vertrauen in deren zukünftige Arbeit. Ein Festessen wird am Abend abgehalten.

Nachgestellt anlässlich der Jubiläumsfeierlichkeiten 1973/1998
Aufnahme aus dem Archiv des Konvents in New Orleans

---

[131] Geschichte der Schwestern der christlichen Liebe, 1930

Konvent und Schule füllen Schwester Xaveria ein Jahr lang voll aus. Drei Schwestern unterrichten die drei Mädchenklassen. Eine erteilt Musikstunden und Französisch und dient als Sakristanin. Drei Schwestern erfüllen die vielfältigen Aufgaben des Haushalts. Die neuen Probleme werden offensiv angegangen. Die wollene Kleidung aus Westfalen wird gegen baumwollene ausgetauscht. Miss Doriocourt gibt im ersten Jahr den Englischunterricht in den Klassen und den Schwestern. *„Natürlich verursachte unser Mangel an Englischkenntnissen beträchtliche Schwierigkeiten"*, schreibt Schwester Xaveria, *„aber die Schwestern lernten beharrlich."*
Pastor Bogaerts überlässt den Schwestern sein neu erbautes Pfarrhaus und mietet sich in der Nachbarschaft ein. Sie richten sich darin eine Hauskapelle ein. Dafür müssen sie ein größeres Darlehen aufnehmen, denn weder in der Heimat noch in der Pfarrei ist Geld vorhanden. Um die erste Rate finanzieren zu können, halten sie eine große Tombola ab und erwirtschaften damit den nötigen Betrag.
Dazu kommen Beschwerden durch Hitze, Krankheiten wie Gelbfieber und Malaria, Zerstörungen durch Hurrikan, Hochwasser und Feuer. Ihr Einsatz und ihre Kräfte werden in guten wie in schlechten Zeiten aufs Äußerste in Anspruch genommen. Jedoch sie lieben ihr neues Zuhause und bezeichnen es als ihre zweite Heimat.[132]

Konvent in New Orleans Aufnahme P. Kienzle 2004

[132] I. Dräger: Sister Xaveria Kaschke, in: D. Dawes/C. Nolan (Hg): Religious Pioneers

Bestärkt wird Mutter Pauline auch durch ein Schreiben des aus Westfalen stammenden Pfarrers Nagel, der sich für seine Pfarrschule in Wilkes-Barre in Pennsylvanien Lehrerinnen wünscht.

Schaufenster in die Vergangenheit: Wilkes-Barre in PA

Wilkes-Barre wurde 1769 durch Major John Durkee nach zwei Engländern benannt: John Wilkes und Isaac Barre. Sie kämpften für Freiheit im britischen Parlament. Die ersten Bewohner der Gegend waren jedoch Stämme der irokesischen Indianer. Deren wichtigste Gruppe, die Susquehannocks, lebten bis Ende des 16. Jahrhunderts im Wyomingtal. Um 1600 verließen sie die Region. Um 1700 genehmigte die Irokesische Konföderation den vertriebenen indianischen Gruppen sich hier niederzulassen. Die Delawares Indianer, zwar bereits durch die Einflüsse der Krankheiten der weißen Bevölkerung dezimiert, gründeten das Dorf Wyoming südlich von Wilkes-Barre in der Nähe der heutigen Akademie-Straße. Der berühmte Delaware-Häuptling Teedyescung wurde 1756 Anführer von Wyoming, bis er 1762 ermordet wurde. Daraufhin verließen die Delaware die Gegend. Neue weiße Siedler zogen nach. Die erste dauerhafte Besiedlung gelang 1769 durch die Connecticut Yankees. Deren blutige Konflikte, in die die Regierungen von Pennsylvanien, Connecticut, England und dem Kontinentalen Kongress verwickelt waren, wurden „Yankee-Pennamite Wars“ genannt. 1806 wurde Wilkes-Barre zum Wahlbezirk erhoben und erhielt zwei Regierungen - je eine für Wilkes-Barre-City und eine für Wilkes-Barre Stadt, das sechs Stadtteile umfasste. 1836 erwarb der Ire Moses Tammany das meiste Land, das zu Wilkes-Barre Stadt gehörte, um $ 12 000 und verkaufte es in der Folgezeit in Anteilen an die verschiedenen Kohlegesellschaften und die ersten Siedler.
Zwar wussten bereits die Indianer seit 1710 von den Vorkommen von Anthrazit-Kohle, auch benützten die Gore Brüder die „*black stones*“ in ihrer Schmiede für das Feuern. 1788 stellte Judge Jesse Fell von Wilkes-Barre Nägel in seiner Schmiede her, 1808 experimentierte er mit Kohlestücken und stellte dabei fest, dass es voll den Zweck erfülle und ein „*klareres und besseres und billigeres*“ Feuer erzeugte. Besser

als es beim Verbrennen von Holz in der bisherigen Weise erreicht wurde. Das Experiment erzeugte großes Aufsehen. Die Leute kamen von nah und fern. Von diesem Zeitpunkt an entstand eine stetig wachsende Nachfrage nach Kohle. Zwischen 1820 und 1860 stieg die Kohleförderung von 4000 Tonnen auf 11 Millionen Tonnen.
Gleichzeitig erhöhte sich der Bedarf an Facharbeitern, die Kenntnisse in der Bergwerksarbeit hatten. Die ersten Einwanderer waren Engländer und Deutsche. Ab 1846 folgten Iren und ab 1880 Slawen, also Polen, Ungarn, Slowaken und Russen. Jede ethnische Gruppe blieb unter sich. Es war eine schwierige Zeit für die neuen Siedler und es folgte eine lange Periode der Reibereien zwischen den englisch sprechenden und nicht englisch sprechenden Bergmännern.
Die Arbeitsbedingungen in den Bergwerken waren furchtbar und der Verdienst sehr gering. Starb ein Arbeiter im Bergwerk, erhielt seine Witwe keine Unterstützung. Das älteste Kind war dann für den Unterhalt der Restfamilie verantwortlich. Täglich rannten die Kinder dem Totenwagen entgegen und die Frauen standen an ihren Türen und hofften, dass der Totenwagen vorbeiführe. 1899 organisierte John Mitchell die Bergleute in der Gegend in Gewerkschaften. Die „Vereinigten Minen Arbeiter" gewannen ihren Streik im Jahre 1900. Wilkes-Barre spielte eine herausragende Rolle in der Industriellen Revolution und nahm fortan eine entscheidende Rolle in der Arbeitergeschichte der Vereinigten Staaten ein. [133]

Pfarrer Nagel war von seinem Bischof O'Hara von der Diözese Scranton beauftragt worden, dessen Interesse an einer Niederlassung der Schwestern der christlichen Liebe in seiner Diözese zu bekunden, ja sogar vorzuschlagen, hier das Provinzialmutterhaus zu errichten. Bereits im Frühjahr hatte Mutter Pauline Pfarrer Nagel mitgeteilt, dass sie sich entschlossen habe, nach Pennsylvanien zu kommen, um mit Bischof O'Hara von der Diözese Scranton persönlich Kontakt aufzunehmen zu können und die Planung des Provinzialmutterhauses vor Ort weiter zu entscheiden.

[133] http://www.wilkesbarretwppolice.org/township_history.htm vom 20.12.03

Schaufenster in die Vergangenheit: Diözese Scranton

Offiziell wurde aus der Erzdiözese Philadelphia am 3. März 1868 die Diözese Scranton abgeteilt. Der erste Bischof O'Hara hatte 24 Priester und die dieselbe Anzahl von Kirchen in einem Gebiet von 8 466 Quadratmeilen Land. Selbstverständlich begann er zu bauen und Missionare und Ordensleute anzuwerben, wie jeder seiner Nachfolger auch. Die zur Diözese gehörenden elf Regierungsbezirke im Nordosten von Pennsylvanien waren durch ihre extreme ethnische Unterschiedlichkeit geprägt. Nahezu jedes Land in West- und Osteuropa war hier vertreten. Alle katholischen ethnischen Gruppen zeigten einen tiefen Glauben und förderten die junge Diözese durch die Gestaltung der neuen Gemeindezentren und ganz besonders durch die Einrichtung der Pfarrschulen. Trotzdem blieben die ethnischen Gegensätze ein schwieriges Problem, mit dem der Bischof mit großer Feinfühligkeit umgehen musste, um ein Schisma zu verhindern.[134]

Bei diesen ermunternden Nachrichten reift in Mutter Pauline der Entschluss, zügig eine Ortsbesichtigung zu planen. Damit sie die dortigen Verhältnisse kennen lernen kann, erlaubt ihr Bischof Konrad endlich die Reise in die USA. Am 24. Mai 1873 besteigt sie mit ihrer Begleiterin Schwester Gonzaga Kreymborg den Dampfer „Herrmann" und erreicht nach 15-tägiger Seefahrt New York. Durch Lesen englischer Bücher arbeitet sie sich unterwegs in die Sprache des Gastlandes ein.

An ihren Bruder Hermann – er ist in Berlin als Abgeordneter der Zentrumspartei aktiv – schreibt sie am 12. Mai 1873:

„Im Sturme des Gefechts habe ich, glaube ich, vergessen, Dir eine Hauptsache zu sagen, um die es sich bei der Reise handelt; und wenn einer Reisemarschall zu sein gebeten wird, muß er doch die Hauptreisziele kennen. Ein Herr Nagel (Westphale) ist als Pastor in der Diöcese Scranton (USA) oder wie es heißt in Pennsilvanien. Ersterer soll ein sehr zuverlässiger, guter Herr sein, der auch schon hier im Mutterhaus war

[134] http://www.dioceseofscranton.org/history/index.htm vom 20.12.03

von America aus; es sind mehrere westphälische Geistliche dort in der Diöcese und der Bischof will ein Mutterhaus unserer Schwestern wohl gern gegründet sehen resp. gründen helfen und überhaupt in den deutschen Gemeinden seiner Diöcese gern unsere Schwestern sehen. H. Nagel schrieb darüber nach Paderborn, und H. Rath Klein meint, die dortige Gegend und Verhältnisse könnten sehr geeignet für uns sein. Ich bekomme ein Empfehlungsschreiben unseres H. H. Bischofs an die H. H. Erzbischöfe und Bischöfe America's, und wollte zu Lande nach New Orleans, die Schwestern besuchen. ...
Mit herzlicher Liebe

Deine Schwester Pauline"[135]

Per Bahn bereist sie mit der begleitenden Schwester das Land. Sie fahren „*nach Philadelphia, Baltimore, Washington und Cincinnati und legen dabei ungeheure Entfernungen zurück. Das zehrte an ihren Kräften, zumal ihnen die Seekrankheit übel mitgespielt hat .... Von Cincinnati brachte sie ein Dampfer den Ohio und Mississippi abwärts nach New Orleans. Zehn Tage dauerte die Fahrt. Unterwegs schrieb Mutter Pauline:*

Auf dem Mississippi, den 4. Juli 1873

Liebe gute Schwester Walburga!
In einem americanischen Dampfboot ›Shannon‹ schwimmen wir auf den ungeheuer großen, weiten Wassern des Mississippi, an der anderen Seite der Staat Arcansas. An verschiedenen Baumwollpflanzungen sind wir bereits vorüber, die Zucker-Plantagen kommen später. ...
Adieu, meine liebe, gute Schwester Walburga.

Mit herzlicher Liebe
Ihre Schwester Pauline v. Mallinckr.
v. d. C. d. Schw. d. christl. Liebe ...
Wie freue ich mich die Schwestern aus New Orleans wiederzusehen!
- Es wird wärmer und wärmer!"[136]

---

[135] A. Bungert: Pauline von Mallinckrodt, S. 45
[136] Ebd., S. 47

Ihr erstes Ziel ist New Orleans, wo die ersten Auswanderinnen trotz der unerträglichen Hitze voll Freude auf sie warten. Nach den Anfangsschwierigkeiten zeigen sich schon die ersten Erfolge in der neuen Niederlassung. Im Augenblick aber steht ihnen die Freude des Wiedersehens bevor: *„Das war ein Jubel und eine Seligkeit auf beiden Seiten, wir weinten und lachten vor Freude."*[137] Zehn Tage ließen sich die Besucherinnen Zeit für die Schwestern und ihre Schule mit 100 Kindern.

Fünfzig Stunden fahren sie dann mit der Bahn nach Detroit, leisten sich einen Abstecher zu den Niagarafällen, und weiter geht es nach Buffalo, Elmira und Williamsport am Susquehanna. Von Chicago aus beginnt eine Kreuz- und Querfahrt durch das Land und die Suche nach einem Zentralpunkt für die neue Ordensprovinz. *„Von den ungeheuren Länderstrecken und von dem weiten Arbeitsfeld macht man sich nicht leicht eine richtige Idee"*,[138] schreibt Mutter Pauline in die Heimat.

Als nächstes trifft sie sich mit Pfarrer Nagel, um mit ihm zusammen den Bischof von Scranton aufzusuchen. Mit diesem erörtert sie die möglichen Aufgaben und Einsatzorte. Von der Richtigkeit seiner Idee, das amerikanische Mutterhaus nach Wilkes-Barre auf den Park-Hill zu verlegen, ist sie schon nach der ersten Besichtigung überzeugt. *„Eine herrliche Aussicht auf das Wyomingtal, auf den Fluss Susquehanna und die Stadt Wilkesbarre."*[139] Sie kauft am 29. Juli das Grundstück in der notwendigen Größe und bestellt einen Bauunternehmer aus New York zu den erforderlichen Gesprächen. Viele Deutsche bevorzugen Pennsylvanien als Ziel ihrer Einwanderung. Für die Kongregation ist es daher naheliegend, dort eine Niederlassung, die nordamerikanische Provinz, aufzubauen.

Neben den bereits genannten, werden ihr weitere Wirkungskreise angeboten. Sie macht Zusagen für Wilkes-Barre, Scranton, für die New Yorker Vorstadt Melrose, für Danville und für das reizend gelegene Bastress im Nippenosetal im Allegheny-Gebirge. Im September sollen zehn Schwestern hier ihre schwierige Arbeit beginnen.

---

[137] Geschichte der Schwestern der christlichen Liebe, 1930, S. 216

[138] Ebd., S. 126

[139] Ebd., S. 126

Schaufenster in die Vergangenheit: Schulwesen in den USA im 19. Jahrhundert

Das Schulwesen in den USA hatte im 19. Jahrhundert noch keine ganz festen Formen gefunden. Staat und Kirche waren allerdings getrennt. Die katholischen Einwanderer hatten für ihre religiösen Bedürfnisse selbst aufzukommen. Sie bauten Kirchen, bezahlten die Priester und errichteten Pfarrschulen, in denen bis zum ersten Weltkrieg auch in deutscher Sprache unterrichtet werden konnte. Mädchen und Jungen wurden meist gemeinsam unterrichtet. Neben den staatlichen Schulen, die kostenlos und konfessionsfrei waren, existierten die kirchlichen Sonntagsschulen, in denen Religionsunterricht erteilt wurde.
Die deutschen Katholiken bildeten gemeinsam mit den irischen Katholiken die amerikanische katholische Kirche. Von kirchlicher Seite wurden die Gläubigen verpflichtet, Pfarrschulen zu errichten und sie, wenn möglich, Ordensleuten anzuvertrauen. Auch in USA gab es noch kaum ausgebildete Elementarschullehrer. Ebenso bestand noch keine staatliche Regelung für die Lehrerausbildung. Vor allem fehlten katholische Lehrer und Lehrerinnen, die an den Pfarreischulen unterrichten konnten. Die vorhandenen geistlichen männlichen Lehrorden hatten nicht so viel Kräfte, dass der Unterricht der Knaben in den katholischen Gemeindeschulen gegeben werden konnte. Meist hatten diese auch eine Vorbildung für das höhere Schulwesen, das in USA highschool, also Hochschule genannt wurde.
Auf die achtjährigen Pfarrschulen folgen vier Jahre in der Hochschule. Darin werden zwei Fremdsprachen angeboten, eine verbindliche - meist Latein - und eine frei gewählte. Der Abschluss eröffnet den Weg zu allen weiterführenden Ausbildungsmöglichkeiten.
Die Koedukation von Jungen und Mädchen in einer Klasse war die Regel, jedoch wurde in den Pfarrschulen – wenn möglich – getrennt unterrichtet. Den Mädchen wurde Handarbeit, Singen und Schönschreiben angeboten. Je beliebter die Lehrerin war, desto mehr Schüler und Schülerinnen wurden angemeldet, desto größer wurden die Klassen, desto höher auch die Einnahmen der Lehrerschaft.

Am 2. August 1873 verlassen Mutter Pauline und ihre Begleiterin Schwester Gonzaga von New York aus das gastfreundliche Land.

Während der Abwesenheit von Mutter Pauline leitet Schwester Mathilde die Genossenschaft.

Schwester Philomena steht Schwester Mathilde als Sekretärin in Paderborn zur Seite

Nach Auffassung aller erfüllt Schwester Philomena diese Pflicht sehr gewissenhaft und gewinnt das Vertrauen ihrer Mitschwestern. Von Mutter Pauline ist sie bei früheren Verwendungen als Sekretärin in diese Aufgaben gewissenhaft eingeführt worden. Sie hat gelernt, die Buchhaltung zu führen, offizielle Briefe zu schreiben und zu beantworten, sich auf Gesprächstermine vorzubereiten und für die Kranken zu sorgen.[140]

Am 16. August 1873 kehrt Mutter Pauline von ihrer Nordamerikareise zurück. In diesen Tagen wird Schwester Philomena in die neu geschaffene nordamerikanische Provinz berufen, um dort als Sekretärin und Assistentin der neu ernannten Provinzialoberin Mutter Mathilde Kothe zu wirken. Schon am 23. September bringt Mutter Pauline zehn Schwestern zum Schiff in Richtung New York. Schwester Mathilde, die zur Provinzialoberin in Nordamerika bestimmt ist, kann sich wegen einer Krankheit erst mit der nächsten Schwesterngruppe auf den Weg machen.

---

[140] I. Dreger: Sister Xaveria Kaschke, in: D. Dawes/C. Nolan (Hg): Religious Pioneers, Building the Faith in the Archdiocese of New Orleans

Schwester Philomena wird Sekretärin und Assistentin der Provinzialoberin in Nordamerika

Mutter Mathilde und Schwester Philomena nehmen am 9. April 1874 mit 16 weiteren Schwestern Abschied vom Mutterhaus in Paderborn. Am 11. April verlassen sie ihre deutsche Heimat und verlieren mit dem Aufenthalt in Nordamerika die Zugehörigkeit zum preußischen Staatsverband. Mutter Pauline begleitet sie bis zum Schiff nach Bremen, wie sie es bei allen Amerikafahrerinnen macht. 14 weitere Schwestern folgen am 6. Juni und zehn am 11. August.
Während der Überfahrt über den Atlantischen Ozean befindet sich die Gruppe der Schwestern betend mitten unter den oft wenig kultivierten Menschen des Zwischendecks, in ungewohnter Umgebung und Gesellschaft. Von der Seekrankheit ist Schwester Philomena bis zur Erschöpfung geplagt.
Sie landen am 26. April in New York. Dort erleben sie, wie in den Straßen von New York ein entsetzliches Gedränge von Wagen und Pferden, von Menschen aller Farben und Nationen herrscht, wie gefährlich es ist, den Broadway zu überqueren und wie die Polizei an den Kreuzungen damit beschäftigt ist, in die Massen von Equipagen und Geschäftsfuhrwerken Ordnung zu bringen und wie in der Mitte der Straße die Pferdeeisenbahn fährt. Eine absolut ungewohnte Erfahrung! Sie übernachten in Häusern befreundeter Orden. Per Bahn setzen sie ihre Reise nach Wilkes-Barre weiter ins Zentrum der deutschen Siedler in Pennsylvanien fort.
Ihnen folgen am 10. August weitere zehn Schwestern, am 7. August 1875 sogar 30 Schwestern, die jetzt von Rotterdam aus aufbrechen, am 5. August 1876 weitere 18 ebenfalls von Rotterdam aus. Nach der Umsiedlung des Mutterhauses nach Mont St. Guibert bei Brüssel in Belgien am 4. April 1877 folgen am 4. August nochmals acht und am 24. September weitere sieben Schwestern.
In jedem Ort richten die Pfarrgemeinden den Schwestern *„mit viel Vorsorge ausgestattete Konvente“*[141] ein.
Als erste Niederlassung wird, wie bereits beschrieben, 1873 die St. Heinrichs-Pfarrschule in New Orleans, als nächste in der New Yorker

[141] Geschichte der Schwestern der christlichen Liebe, 1930, S. 86 ff

Amerikanische Kinder in der Tracht des 19. Jahrhundert
Zeichnung von Rüdiger Widmann

Vorstadt Melrose die Pfarr- und Hochschule der Pfarrei Unbefleckte Empfängnis und dann in Wilkes-Barre die St. Nikolaus-Pfarr- und Hochschule übernommen. In Wilkes-Barre wird der Grundstein für das Provinzialmutterhaus gelegt.

1874 werden weitere Schulen in der Diözese Scranton in Pennsylvanien übernommen. In der Stadt Scranton ist dies die St. Marien-Pfarr- und Hochschule, in Williamsport die St. Bonifatius- Pfarr- und Hochschule, in Bastress, in einem malerischen Tal des Allegheny-Gebirges gelegen, die Unbefleckte-Empfängnis-Pfarrschule.

Im gleichen Jahr werden die Schwestern in der Diözese St. Paul in Minneapolis tätig und zwar in New Ulm in der Hl. Dreifaltigkeits-Pfarr- und Hochschule, in Minneapolis in der St Bonifatius-Pfarrschule, 1877 in Chaska in der St. Schutzengel-Pfarr- und Hochschule tätig ebenso in der Diözese Detroit, Michigan, in Westphalia in der St. Marien-Pfarrschule.

1875 übernehmen sie in der Erzdiözese Philadelphia in Reading die St. Pauls-Pfarr- und Hochschule, in Mauch Chunk die St. Josephs-Pfarrschule und in der Diözesanstadt Harrisburg die St. Laurentius-Pfarrschule. 1876 kommt in der Erzdiözese Philadelphia in Pottsville die St. Joh. Baptist-Pfarrschule dazu.

Im Staat New Jersey eröffnen sie 1875 Schulen auch in der Diözese Newark. In der Stadt Newark ist es die St. Augustinus-Pfarrschule und in Elizabeth die St. Michaels-Pfarrschule.[142]

Aus der Vorweihnachtszeit des Jahres 1877 stammt einer der vielen bis heute erhaltenen Briefe von Mutter Pauline, aus dem hervorgeht, dass Mutter Mathilde das Mutterhaus und Schwester Philomena die Schule leitet.

Mutter Paulines Brief an die beiden Leiterinnen der Nordamerikanischen Provinz vom 19.11.1877 ist erhalten geblieben.

---

[142] Geschichte der Schwestern der christlichen Liebe, 1930, S. 122-124

Mont St. Guibert prés Bruxelles, den 19.11.1877.

G.s.J.Chr.

Liebe Schwester Mathilde u.
Liebe Schwester Philomena!

Es macht mir eine besondere Freude, Ihnen und Ihren lieben Schwestern ein glückseliges Weihnachtsfest und Neujahr zu wünschen u. gewiß ist es Ihnen erwünscht, daß ich Ihnen das letzte kleine Werk unsers H.H. Bischofs. „Drei Jahre aus meinem Leben," sende. So viele der Schwestern haben die traurige Zeit der Gefangennahme des H.H. Bischofs hier erlebt, und Alle, Alle wird der Inhalt auf's Lebhafteste interessiren. Welche Freude hätte ich, wenn alle Bücher den Ozean glücklich passirten und in die Hände aller unserer lieben Schwestern gelangten; wir senden eine Broschüre davon an jedes unserer Häuser in Nord-America, - in Süd-America u. hier in Europa als kleine Weihnachtsgabe; in Wilkesbarre adressiren wir für's Mutterhaus an Schw. Mathilde, für's Schulhaus an Schw. Philomena; ferner senden wir noch an H. Pfarrer Nagel, den ich so hoch verehre, eine Broschüre, die Sie ihm gütigst übergeben wollen mit den besten Wünschen zum h. Weihnachtsfest u. zu Neujahr, und desgleichen an H. Dassel eine. Wir dürfen der Büchersendung nichts Geschriebenes beifügen; deshalb gilt dieser Brief als Begleitschreiben für Ihr liebes Wilkesbarre, wo ich alle Schwestern, Professen wie Novizen, und auch die guten Postulantinnen herzlich zu grüßen und mich deren Gebet zu empfehlen bitte, so wie ich auch die ganze Congregation und alle unsere Anliegen dem Gebet Aller bestens empfehle.

Wir senden auch ein ähnliches Begleitschreiben wie das von Schwester Lioba einliegende in alle Filialen; ich bemerke es, damit die gute Schwester Philomena weiß, daß wir ihr diesmal die Mühe der Weiterbeförderung der Nachrichten in die Filiale erspaart haben.-

Hätten wir doch die Adressen der <u>neuen</u> Filiale; wir wollen sie, da wir die Diöcesen wissen, auf gut Glück machen; hoffentlich kommen sie an. Wie geht es dort? Wir haben noch gar keinen Brief von den dortigen

Schwestern erhalten. Vielleicht sind in dieser stürmischen Jahreszeit Briefe nicht übergekommen. - Die Hauptsache ist nur, daß es überall gut geht nach Gottes h. Wohlgefallen. Er möge es in seiner Güte verleihen. ...

Gott möge Alles gut machen, wie es Ihm gefällt. Er hat so weit geholfen. Er wird's auch ferner thun.

Mit herzlicher Liebe

Ihre

Schwester Pauline[143]

Weitere Schulen werden in den folgenden Jahren übernommen. Ab dem Jahr 1878 unterrichten die Schwestern der christlichen Liebe in der Diözese Scranton auch in Pittston in der Maria-Himmelfahrt-Pfarrschule und ab 1879 in der Diözese Sioux, Iowa, in Le Mars in der St. Josephs-Pfarr- und Hochschule.
Am 12. September 1878 gipfelt das Ziel der Anstrengungen in dem lang herbei gesehnten, freudigen Ereignis. Das neue große Provinzialmutterhaus in Wilkes-Barre wird eingeweiht und Mallinckrodt–Konvent genannt. Für die Verwaltung der Kongregation können nun Büros zeitgemäß eingerichtet werden. Den Kranken und Erholungsbedürftigen kann der erforderliche Dienst geboten werden. Auch können nun das Postulat, das Noviziat und später das Terziat in geeigneten Räumen statt finden, denn eine unerwartet große Zahl an einheimischen Ordenskandidatinnen zeigt erfreulicherweise ihr Interesse. So können neue Filialen auch ohne Kräfte aus Deutschland gegründet werden.
Auch die St. Ann's Academy übernimmt im selben Jahr die ihr zugedachte Aufgabe. Zunächst zieht eine Hoch- und Handelsschule ein. Außerdem werden für die Lehrerinnen der Elementarschulen Unterrichtskurse durchgeführt. An der Hochschule findet jedoch die Ausbildung der Lehrerinnen für den höheren Schuldienst statt.

[143] Kopie der Abschrift des Originalbriefes; notariell beglaubigt: Paderborn, 26.09.1928

Mallinckrodt-Konvent in Wilkes-Barre
Provinzialmutterhaus der nordamerikanischen Provinz
Archiv des Mutterhauses in Mendham, USA

Kapelle des Mutterhauses in Wilkes-Barre
Archiv des Mutterhauses in Mendham, USA

Die Arbeit in Nordamerika hat - verglichen mit der in Deutschland oder in Chile - einen einheitlicheren Charakter. Die Schwestern sind bis auf eine Ausnahme ausschließlich in Schulen beschäftigt. Sie wirken in sogenannten Pfarrschulen, die von den katholischen Gemeinden gegründet und unterhalten werden. In 16 Diözesen sind es jetzt 50 Pfarrschulen. In der Regel haben diese acht aufsteigende Jahrgänge. An größeren Orten, vor allem in den an Einwohnern reichen Städten, werden Parallelklassen wegen der hohen Schülerzahl - manchmal sind es mehr als 1000 Schülern und Schülerinnen - eingerichtet. [144]
In der Geschichte der Genossenschaft heben die Schwestern in besonderem Maße hervor, welch familiäre Gemeinschaft bei freudigen wie auch bei traurigen Anlässen zwischen Elternhaus und Schule besteht.
Außerhalb der Schule ist es für die Schwestern selbstverständlich, an Sonn- und Feiertagen die Kinder, die die religionsfreien Staatsschulen besuchen, mit Religionsunterricht zu versorgen und auf die heiligen Sakramente der Buße und des Altars vorzubereiten. Diese Aufgaben erfüllen sie auch in Nachbarorten oder in anderssprachigen Gemeinden, wenn diese noch keine Pfarrschulen haben. An einigen Orten übernehmen sie auch den Konvertitenunterricht.
Auf der Elementarschule baut die vierjährige High-School auf. Deren Abschluss führt zur wissenschaftlichen Reife, die den Weg zu allen weiterführenden Schulen öffnet. Zwei Fremdsprachen, eine verbindlich - in der Regel Latein - und eine frei gewählte, werden angeboten.

In den Chroniken der Schwestern der christlichen Liebe wird die Arbeit der Pionierinnen des Ordens so beschrieben:

„In der größten Armut und Bescheidenheit, inmitten unbeschreibbarer Opfer, Anstrengungen und Not wurde diese neue Provinz errichtet. Von diesen bescheidenen Anfängen sollte sich bald eine glorreiche Aktivität entwickeln. Und wenn auch heute noch der Segen Gottes sichtbar über der Gemeinde steht, besteht kein Zweifel, daß dies der

---

[144] Geschichte der Schwestern der christlichen Liebe, 1924, S. 64

Verdienst der mutigen Opfer und Anstrengungen der ersten Schwestern ist.“[145]

SCHWESTER PHILOMENA NIMMT 1879 AM ERSTEN GENERALKAPITEL TEIL

„Im Jahre 1879 nimmt Schwester Philomena als Begleiterin von Mutter Mathilde am ersten Generalkapitel der Genossenschaft zu Mont St. Guibert teil und wurde zur Sekretärin derselben gewählt.“[146]
Das Mutterhaus in Paderborn muss aufgegeben werden und wird nach Mont St. Guibert in der Nähe von Brüssel in Belgien verlegt. Hier findet 1871 das erste Generalkapitel statt.
In den Konstitutionen von 1895 sind folgende Regelungen zu lesen: *„Die Hausschwestern sind um der Sorge der Regierung der Genossenschaft befreit, weshalb sie keine Stimme erhalten.“* Die wahlberechtigten Schwestern treffen sich einige Tage vor der Wahl, *„um sich Gott zu empfehlen, und besser zu erwägen, wer aus der ganzen Genossenschaft am besten tauge, indem sie sich, sofern es ihnen notwendig scheint, Erkundigung bei jenen schöpfen, welche solche gut geben können. Hierbei sind Klugheit und Verschwiegenheit zu empfehlen.“*[147] Hier wird offensichtlich das strikte Gehorsamsprinzip zugunsten eines gemeinschaftlichen Prinzips gebrochen.
Agnes Schmittdiel, eine Nichte von Schwester Philomena, berichtet aus der Zeit des ersten Generalkapitels folgendes: *„Als die Vertreterinnen der wenigen Häuser auf europäischen Boden in aller Stille in Paderborn gewesen sind und vorschriftsmäßig zwei Abgeordnete für das Kapitel gewählt haben, da treffen dort auch Mutter Mathilde und Schwester Philomena ein. Welch ein Wiedersehen an einer Stätte, deren Bestand ernstlich bedroht ist. Wenige Tage danach ist Mutter Pauline mit diesen beiden in Berlin, um wegen des dritten Mutterhausprozesses mit den beauftragten Anwälten zu sprechen.*
Herbste Wehmut will sich mischen in die Freude des Zusammenseins, aber die Heiterkeit, die im tiefen Frieden der Einheit mit Gott wurzelt, bleibt doch Herrscherin in diesem Kreise, der sich allmählich

[145] Schreiben des Mutterhauses an die Schwestern der christlichen Liebe 1917
[146] Nachruf im Westfälischen Volksblatt vom 13. Januar 1917
[147] Constitutionen der Schwestern der christlichen Liebe, Paderborn 1895, S. 82

in Mont St. Guibert versammelte: da sind Bischof Konrad, vom Kardinal von Mecheln, in dessen Diözese das Generalkapitel tagt, mit seiner Vertretung und dem Vorsitz beauftragt, Mutter Pauline, zwei Abgeordnete der nordamerikanischen Provinz, zwei der europäischen Häuser, die Hausoberin von Mont St. Guibert, die Sekretärin der Würdigen Mutter und drei ihrer Assistentinnen.
Mit der feierlichen Heilig Geist-Messe beginnt am ersten Pfingsttage 1879 das Kapitel. Der erste Tag ist bestimmt zur Wahl der Schwestern, die als Stimmensammlerinnen und Schriftführerinnen wirken sollen. Und dann kommt die Stunde, um die die Gedanken aller Schwestern der christlichen Liebe kreisen, die Stunde, da Mutter Pauline sich niederkniet und mit bewegter Stimme die Zentralleitung in die Hände der wahlberechtigten Schwestern zurücklegt. Von diesen hat aber eine jede selbst bei sich ausgemacht, daß in dieser Zeit der Wirren das Steuer der Genossenschaft von niemand so sicher geführt werden kann als von der Stifterin. Und so vereinigen sich sofort alle Stimmen auf ihren Namen. Der Bischof bezeichnet freudig die Wahl als unanfechtbar und als sehr gut. Dann ruft die Glocke alle Schwestern des Hauses in die Kapelle. Selten mag hier das Tedeum so froh zum Himmel gestiegen sein wie an diesem Tage.
Schon der erste Tag ihres neuen Generalats bringt der ehrwürdigen Mutter eine Hiobsbotschaft sondergleichen: der fünfte und letzte Prozeß um das Mutterhaus ist verloren.“[148]
An Hand der Konstitutionen wird nun aufs eingehendste der Geist und die Verhältnisse der Genossenschaft, auch der Tochterhäuser, geprüft, die Ergebnisse in einem Rundschreiben zusammen gefasst und an alle Niederlassungen verschickt.
Wenige Wochen nach Schluss des Kapitels begleitet Mutter Pauline die nordamerikanischen Vertreterinnen, Mutter Mathilde Kothe und deren Assistentin Schwester Philomena Schmittdiel zum Abfahrtshafen nach Rotterdam, von wo beide am 15. Juli nach Nordamerika zurückkehren, um dort ihre Pionierarbeit fortzusetzen.

[148] A. Schmittdiel: Pauline von Mallinckrodt, S. 254 ff

Mutter Pauline auf Visitationsreise in der nordamerikanischen Provinz

„Über 150 Schwestern hat Mutter Pauline bis zum Sommer 1879 nach Amerika entsendet. Die Einzelheiten ihrer Abreisen und ihre Namen hat sie sorglich aufgezeichnet; aber tiefer noch stehen sie geschrieben in ihrem Herzen. Für alle trägt sie mütterliche Liebe und Verantwortung. Wenn auch jede bereitwillig den heiligen Gehorsam umfaßte und mutvoll hinausging, so weiß die Mutter doch, wie schwer das Heimweh lasten kann, zumal wenn klimatische Einflüsse und andere Schwierigkeiten Geist und Körper bedrängen. Es haben auch schon viele Töchter der fremden Länder sich mit ihnen gemischt, die um Aufnahme in die Kongregation gebeten. Auch diese umfaßt das Herz der Mutter und es wünscht, ihnen nahe zu kommen.
Sie wird darum den stillen Entschluß ausführen und die fernen Töchter alle besuchen. 26 Klöster ihrer Kongregation warten auf sie, 208 Schwestern ersehnen die Stunde der Begegnung.“[149]
Mutter Pauline beginnt ihre große Visitationsreise 1879 in Südamerika und verlässt Chile am 21. Februar 1880 von Valparaiso aus. Unterwegs ist ihr zum wiederholten Mal sterbenselend. Aus diesem Zustand heraus entsteht der Auftrag an die begleitende Schwester: *„Ach, liebe Schwester Chrysostoma, wenn ich noch auf dem Weg nach Panama sterben sollte, so lassen sie mich auf dem Friedhof in Puerto Montt begraben. Sterbe ich aber auf der Fahrt von Panama nach New York, so bringen sie mich nach Wilkes-Barre zur Mutter Mathilde!“*[150]
Mutter Pauline erreicht New York am 26. März, dem Karfreitag im Jahre 1880. Einige deutsche Herren begrüßen die Ordensfrauen in Vertretung von Mutter Mathilde. Auch Schwester Sebastiana aus der New Yorker Vorstadt Melrose trifft am Hafen ein und führt die lange Ersehnten in ihr Haus, das am nächsten gelegen ist. Die beiden Reisenden machen Station in der eigenen Niederlassung in Melrose. Die Wiedersehensfreude ist riesengroß!

---

[149] Ebd., S. 265
[150] Ebd., S. 284

Hier feiert Mutter Pauline Ostern mit ihrer aus Wilkes-Barre herbeigeeilten Einkleidungsgefährtin Mutter Mathilde und deren Assistentin Schwester Philomena. Am Festtag sind auch die Schwestern aus den drei Filialen aus Groß-New York eingeladen: aus Newark, Elisabeth und New Brunswick. Die anwesende Schwester Philomena berichtet über jene Tage: „*Würdige Mutter war beim Gottesdienst so in innige Andacht versunken, daß wir nicht begreifen konnten, wie sie nach solchen Strapazen noch so viel knien und beten konnte. Ein Blick zeigte, daß sie wenig mehr an dieser Erde hafte und nicht mehr ferne sei vom Himmel.*“[151]

Nach wenigen Tagen der Erholung drängt Mutter Pauline zur Weiterreise nach Wilkes-Barre zum neuen Provinzialmutterhaus. Endlich wird über der Stadt hoch auf dem Berg ein großes hell erleuchtetes Gebäude sichtbar. Zu Ehren des hohen Gastes ist es festlich beleuchtet und strahlt seinen Willkommensgruß in die dunkle Nacht. Auf dem Dach flattert eine große amerikanische Fahne.

Es ist der 31. März 1879. Die würdige Mutter zieht ein ins Mutterhaus auf dem Berge. Ihre Freude ist unbeschreiblich. Sie durchwandert noch am selben Abend den größten Teil des Hauses und kargt nicht mit Anerkennung für Mutter Mathilde und ihren Beraterinnen, zu denen auch Schwester Philomena zählt. Zur Begrüßung bricht drinnen im Haus Jubel und Begeisterung aus. Freude ist nicht nur bei den ausgewanderten Schwestern sondern auch bei den neu eingetretenen jungen Amerikanerinnen. Ungemein tröstlich sind der Anblick so vieler Novizinnen und Postulantinnen für Mutter Pauline. Mutter Pauline ist begeistert, nicht nur von der unvergleichlich schönen Lage sondern auch von dem blühenden Ordensleben, das dieses neue Mutterhaus so sichtbar erfüllt. Sie teilt ihre Freude Mutter Gonzaga nach Chile mit. „*Könnten Sie hier sein, und die liebe Schar der jungen Novizen und Postulantinnen sehen, wie würden Sie sich freuen. Wer weiß, vielleicht sehen sie es auch noch mal. Und Sie freuen sich gegenseitig des Guten, was von Ihnen beiden und der ganzen Kongregation gewirkt wird in Nord- und Südamerika.*“[152]

Es wartet viel Arbeit auf die Generaloberin. 25 Filialen will sie besuchen in vier Monaten. Sie hört Berichte, hält Konferenzen, erinnert

---

[151] Ebd., S. 289
[152] Ebd., S. 289

sich an Erfahrungen von der ersten Reise, tauscht mit Ratsschwestern und erfahrenen Priestern Gedanken aus und macht sich nach kurzer Zeit wieder auf die Reise. Es ist noch vieles zu entscheiden, zu befestigen und zu regeln in dieser neuen Provinz, die die Töchter hier in Nordamerika gegründet haben.

Die Generaloberin erkennt, dass das Aufgabengebiet der Schwestern der christlichen Liebe in Nordamerika recht einheitlich ist. Die Schwestern führen Pfarrschulen in deutschen Gemeinden. Aber dieses Schul- und Pfarreileben ist doch ganz verschieden, je nachdem ob es sich in einer Großstadt, in einer aufstrebenden Mittelstadt oder in einer Farmersiedlung entwickelt hat. In den Schulen sind unerprobte Methoden, für die es jedoch noch keine Lehrbücher gibt, zu prüfen.

Sind die Schulen der Schwestern auch deutschen Ursprungs, so sind die Schülergruppen doch von Kinder verschiedener ethnischer Abstammung durchsetzt. Manchmal sind mit den Schulen Ganz- oder Halbtags-Pensionate verbunden. In ländlichen Gegenden sind die Gebäude in schöne Landschaften eingebettet. In der Großstadt leben die Schwestern jedoch vielfach in bedrückender Enge.

Mit Schwester Chrysostoma besucht Mutter Pauline jede einzelne Filiale, begrüßt jede Schwester mit gleichbleibender Liebenswürdigkeit und Güte, gibt in den einzelnen Filialen Ratschläge, ermuntert und ermahnt, begrüßt unzählige Schüler und Schülerinnen in den einzelnen Schulen, Internaten und im Waisenhaus. Freilich: *„Es ist eine weite, weite Reise, alle unsere Filialen hier zu besuchen, die Vereinigten Staaten sind gar groß. Aber ich freue mich sehr, alle Schwestern wiederzusehen.“*[153]

In allen Filialen steigt die Generaloberin vom Keller bis zum Speicher, erfragt dies und jenes. Manches hört sie auch von Außenstehenden. Aber in keiner Weise greift sie in den Entscheidungsbereich der Provinzialoberin ein. An manchen Orten lassen es sich die Leute nicht nehmen, geführt von ihren Pfarrherren, die Generaloberin der von ihnen so geschätzten Schwestern mit Glockengeläute, mit Spalier bildenden Kindern, als Engelchen verkleidet, und Fahnen zu empfangen.

---

[153] Geschichte der Schwestern der christlichen Liebe, 1930

Reisen im 19. Jahrhundert
Zeichnung von Rüdiger Widmann

Während der weiten Fahrten hält sie nicht nur in den Filialen sondern auch an vielen Orten, wo man Schwestern von ihr begehrt. *„Recht wie ein Geschäftsträger des lieben Gottes durchreist sie das Land,“* schreibt darüber Schwester Philomena.[154]
Mutter Pauline besucht und verhandelt mit Erzbischöfen, Bischöfen und Pfarrern. Auch weltliche Vertreter, denn die Gemeinden sind die Träger der Pfarrschulen in USA, sind aufzusuchen. Die Anliegen der Pfarrer sind meist dringlich. Oft werden sie ungeduldig.
Mutter Pauline hat sich für ihre Entscheidungen eine Werteliste erstellt: An erster Stelle steht das Heil der Kinder, an zweiter das Heil der Schwestern und nicht zuletzt der Wille Gottes.[155] Sind die Orte so entlegen, dass kein Priester die Hl. Messe lesen kann, lehnt sie ab. Wenn die Eucharistische Feier die Sonne des langen Werktags ist, brauchen die Schwestern die Enge und die schwüle Atmosphäre der Millionenstädte St. Louis und New York, auch die primitivsten Verhältnisse unter Negern und Indianern nicht zu scheuen,[156] ist ihre Sicht der Dinge.
Eines Morgens fährt ein Pferdewagen von der Stadt Wilkes-Barre durch die blühenden Kastanienwälder des Alleghanny-Gebirges in Richtung Bastreß im Nippenose-Tal. Die Schwestern dort bitten um den Segen der Mutter Pauline. Diese kniet nieder und betet: *„Der Segen Gottes komme über uns alle, dass wir wachsen in seiner Liebe, in der reinen und lauteren Gottes- und Nächstenliebe!“*[157]
Das Fest der Einkleidung führt die Generaloberin nach Wilkes-Barre zurück. 20 Postulantinnen, alles Amerikanerinnen, bitten um das Ordenskleid. Mutter Pauline macht keinen Unterschied zwischen deutschen und amerikanischen Schwestern. Danach möchte sie alle Töchter in USA zu einer letzten gemeinsamen Stunde um sich sehen. Sie kann aber nur die älteren Schwestern des Mutterhauses und der nächsten Umgebung einladen. Den anderen geht ein Schreiben zu.
Zusammen feiern sie das Silberne Ordensjubiläum zweier Schwestern, die Einkleidung von 20 Postulantinnen und die Gelübdeablegung von 19 Novizinnen.

---

[154] A. Schmittdiel: Pauline von Mallinckrodt, S. 291
[155] Ebd., S. 292
[156] Ebd., S. 292
[157] Ebd., S. 295

In jenen Tagen werden auf dem Klosterfriedhof von Wilkes-Barre die ersten Gräber belegt. Den Sterbenden konnte die Stifterin in deren Leidenstunde noch Trost spenden.
Nachdem sie noch das Terziat eröffnet hat, das erste in der neuen Provinz, rüstet sie zur Abreise. Am 21. August 1880 scheiden Mutter Pauline, Mutter Mathilde und Schwester Philomena traurigen Herzens voneinander. Jede weiß, dass dies das letzte Wiedersehen gewesen ist.
„Mutter Paulines aufopferungsvolles Leben neigte sich dem Ende entgegen. Am 24. April 1881 feierte sie mit den blinden Kindern die Erstkommunion. Zwei Tage später erkrankte sie an einer Lungenentzündung. Nach weiteren zwei Tagen empfing sie die heiligen Sterbesakramente und starb am 30. April 1881 gegen 9 Uhr morgens. Am 4. Mai fand in der Busdorfkirche das Levitenamt und das Begräbnis in der St. Conradus-Kapelle auf dem Schwesternfriedhof des Mutterhauses statt. Ihre Seele ist in die Hände ihres Schöpfers zurückgekehrt. Die Genossenschaft hat die Gründerin, Leiterin und Mutter verloren."[158]

Neue Frauen müssen in die Verantwortung eintreten. Mutter Pauline hat die Tüchtigen rechtzeitig in die Aufgaben hineinwachsen lassen. Auch für Schwester Philomena hält die Zukunft wichtige Aufgaben bereit.
Am 30. April 1881 beträgt die Zahl der Schwestern 423, davon weilen in Europa 136, in Nordamerika 214, in Südamerika (Chile) 73. Von Europa wurden 152 nach Nordamerika, 32 nach Südamerika, insgesamt 184 Schwestern entsandt. Es wurden in Nordamerika 68, in Südamerika 41, insgesamt 109 Kandidatinnen eingekleidet.
Sechs Monate lang vertritt die Kapitelsvikarin Anna von Eichstädt die Genossenschaft. Das Generalkapitel versammelt sich am 3. November 1881 zur Wahl und entscheidet sich für Mutter Mathilde Kothe als zweiter Generaloberin der Genossenschaft.

Noch immer liegt das deutsche Mutterhaus im Exil. Mit zäher Beharrlichkeit ringt die neue Generaloberin mit dem Staat um die Rückgabe

---

[158] Geschichte der Schwestern der christlichen Liebe, 1930, S. 34

des Vermögens. 1881 kehrt das Mutterhaus und das Josephshaus in Paderborn wieder in den Besitz der Genossenschaft zurück. Der Umzug von Mont St. Guibert nach Paderborn wird umgehend in Angriff genommen. Die Leitungsaufgaben der Genossenschaft der Schwestern der christlichen Liebe können wieder vom Paderborner Mutterhaus aus wahrgenommen werden. [159]

Die Rückreise der beiden Begleiterinnen von Mutter Mathilde - Schwester Philomena und Schwester Xaveria - und den sieben neuen Schwestern mit dem Dampfer wird eine „*Konfrontation mit dem Tod*". „... *ein Hurrikan schüttelte das Seeschiff, schlug es mit Wellen ‚höher wie ein Haus' und erfüllte die Reisenden mit einem solchen Entsetzen, dass sie ‚laut und unaufhörlich' beteten.*"[160]

Im Generalkapitel des Jahres 1887 wird Mutter Mathilde Kothe als Generaloberin wiedergewählt.[161]

---

[159] Geschichte der Schwestern der christlichen Liebe, 1926, S. 34-35

[160] I. Dreger: Sister Xaveria Kaschke, in: D. Dawes/C. Nolan (Hg): Religious Pioneers, Building the Faith in the Archdiocese of New Orleans

[161] Ebd., S. 35

9. Provinzialoberin der nordamerikanischen Provinz

SCHWESTER PHILOMENA IST PROVINZIALOBERIN IN NORDAMERIKA VON 1881 - 1887

Zur Teilnahme am zweiten Generalkapitel im Jahre 1881 reist Schwester Philomena wieder mit Mutter Mathilde über den Ozean. Sie, die mit Mutter Mathilde die nordamerikanische Provinz gegründet hat, tritt im selben Jahr an deren Spitze. Ab diesem Zeitpunkt wird sie Mutter Philomena genannt.
Die Provinzialoberin untersteht dem Generalat, das sich aus der Generaloberin und vier Assistentinnen zusammensetzt. Das gemeinsame Vermögen der Provinz wird von einer Provinzialverwalterin betreut, die von der Provinzialoberin abhängig ist.
Eine der wichtigsten Aufgaben Mutter Philomenas ist nun das Reisen in die Filialen, zu Erzbischöfen, Bischöfen, Prälaten und Pfarrern und zu den Behörden in den einzelnen Bundesstaaten und Städten.
„*Von allen Mühen und Anstrengungen ihres neuen Amtes seien hier nur die vielen Reisen zum Besuche der zahlreichen Häuser erwähnt, die in Nordamerika ja zum Teil mehrere Tagesreisen voneinander entfernt liegen. Das Reisen war für die liebe Mutter Philomena ihrer schwächlichen Gesundheit wegen immer mit mancherlei Beschwerden und Opfern verbunden, und doch, wie viele große Reisen hat sie zeitlebens machen müssen!*“[162]
Im Archiv des Konvents in New Orleans wird von Besuchen Mutter Philomenas zusammen mit Schwester Regine im November 1882 und 1886 so berichtet: Die Gäste werden vom Bahnhof abgeholt, besuchen als erstes „*Our Lord in the Blessed Sacrament*“ in der Hauskapelle und nehmen gemeinsam mit den Schwestern das Essen ein. An den folgenden Tagen werden alle Schulklassen besucht und kurz geprüft. Deutlich gibt Mutter Philomena ihre Zufriedenheit zu erkennen. Jedoch schlägt sie eine Änderung in der Organisation der Klassen vor. Gerne wird diese Verbesserung akzeptiert. Viel zu schnell geht für alle die Zeit des Besuches vorbei. Mit den besten Wünschen verabschieden sie sich herzlich voneinander.

---

[162] Geschichte der Schwestern der christlichen Liebe 1924, S. 34-35

Ein wichtiges Anliegen von Mutter Philomena ist es, die im Provinzialmutterhaus bestehende Ausbildung für das Lehramt mit einer zeitgemäßen Ausstattung zu versehen. Dadurch gewinnt die Tätigkeit der Schwestern in den Pfarrgemeindeschulen eine höhere Qualität. Die erzieherische Einflusssphäre der Genossenschaft in den höheren sozialen Schichten des Landes erhält durch den weiteren Ausbau der Young Ladies Academy St. Ann in Willkes-Barre einen weiteren Schwerpunkt. Sie ist mit einem Externat und einer Hochschule verbunden und dient den Töchtern einflussreichster Kreise.
Weitere 25 Pfarrschulen werden übernommen. In der sechsjährigen Amtszeit hat die Provinz einen überraschenden Zuwachs neuer Niederlassungen erlebt, so dass deren Zahl von 26 auf 45 steigt. Davon seien hier folgende erwähnt:

1881 Picqua St. Bonifatius-Pfarrschule
1881 New York: Pooghkeepsie Christi-Geburt-Pfarrschule
1882 Brooklyn: St. Benediktus-Pfarrschule
1884 Chicago: St. Aloysius-Pfarrschule
1886 Chicago: Dreifaltigkeits-Pfarrschule
1886 Baltimore: Heilig-Kreuz-Pfarrschule
1885 Detroit: St. Elisabeth-Pfarrschule
1885 Scranton: St. Johannes-Pfarrschule
1886 Jersey City: St. Nikolaus-Pfarrschule
1887 Minneapolis: St. Elisabeth-Pfarrschule
1887 Hazleton: Hl. Dreifaltigkeits-Pfarrschule[163]

Nach sechsjähriger leitender Tätigkeit in der nordamerikanischen Provinz reist Mutter Philomena mit ihrer Assistentin Schwester Regine 1887 zum dritten Generalkapitel nach Paderborn. Alle leitenden Schwestern werden in ihren Ämtern bestätigt, auch Mutter Philomena als Provinzialoberin.
Ihre Rückkehr nach Nordamerika ist bereits vorbereitet. Da erkrankt sie plötzlich und ist nicht mehr in der Lage die Reise zu machen. Schwester Innocentia Sänger bleibt nach dem Generalkapitel noch in Paderborn und pflegt Mutter Philomena *„mit solch rührender Liebe, Hingabe und Sorge, daß sie dieses wertvolle Leben für die Genossenschaft erhielt.“*[164]

---

[163] Geschichte der Schwestern der christlichen Liebe 1924, S. 122-124
[164] Schreiben des Mutterhauses an die Schwestern der christlichen Liebe 1917

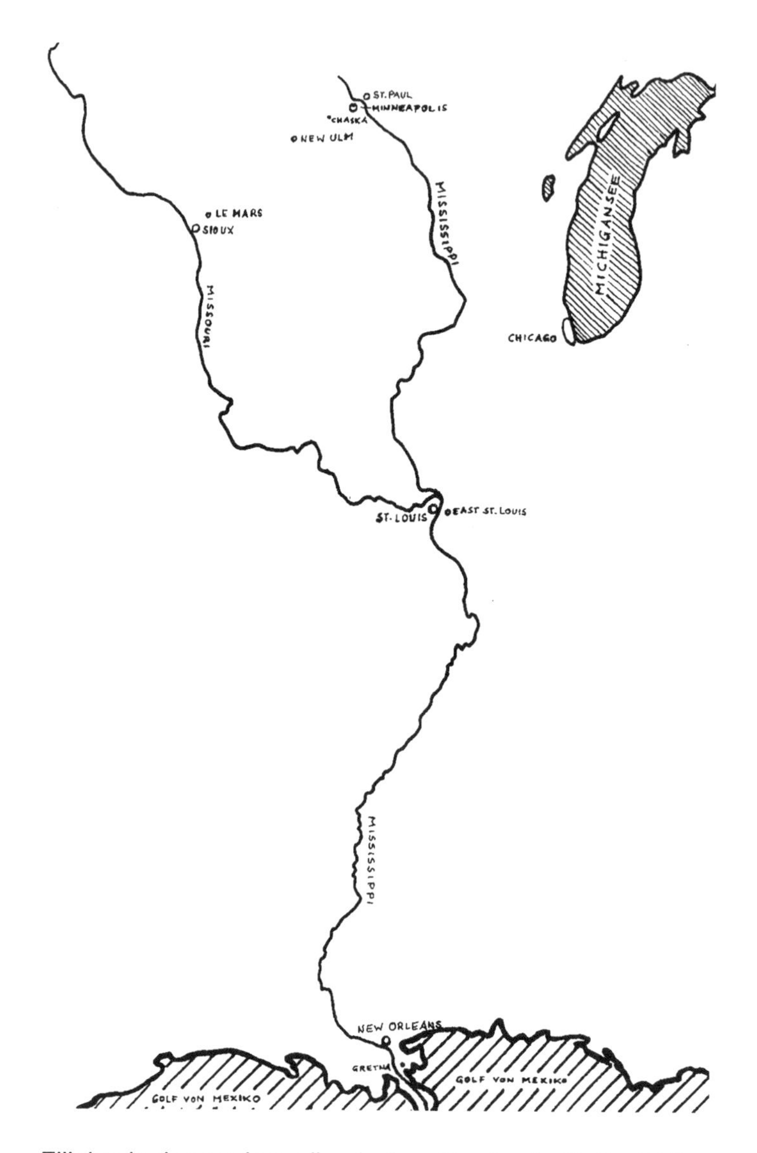

Filialen in der nordamerikanischen Provinz in Mutter Philomenas Zeit
Karte von Rüdiger Widmann

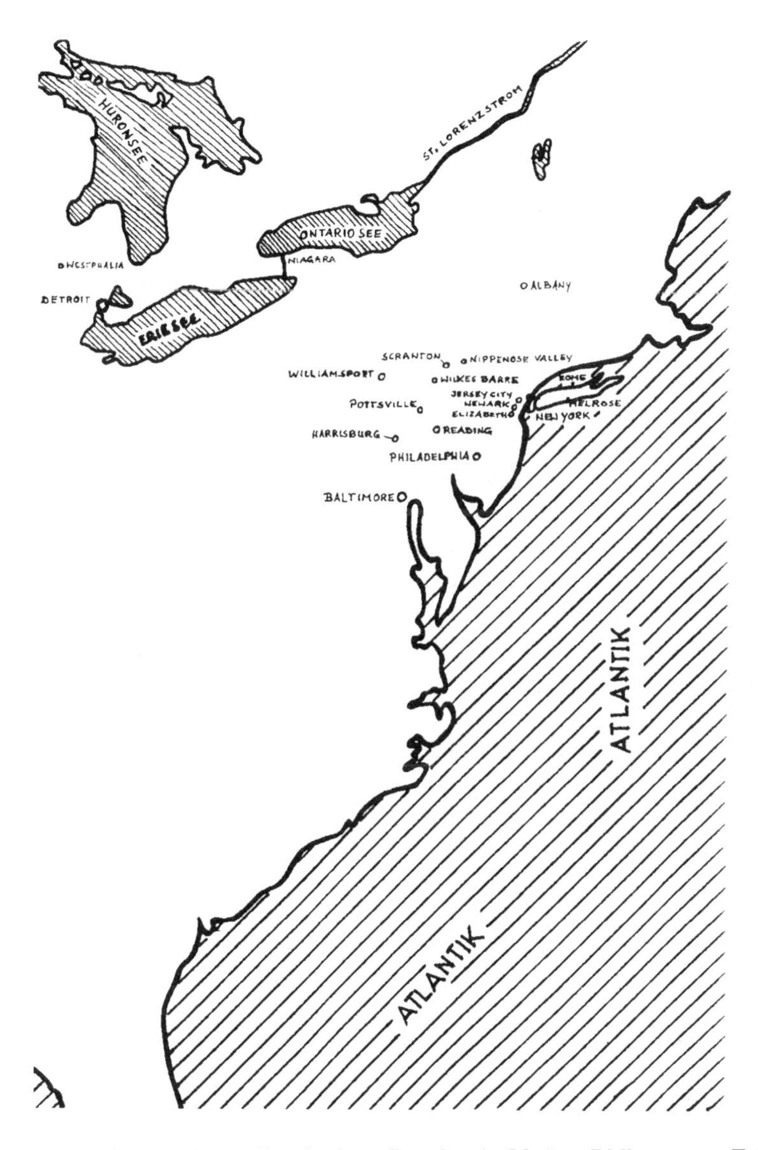

Filialen in der nordamerikanischen Provinz in Mutter Philomenas Zeit
Karte von Rüdiger Widmann

Jedes Mal, wenn sich ihre Gesundheit stabilisiert zeigt, kommt eine Schwester aus Nordamerika, um sie abzuholen, so 1888 Schwester Nothburga und 1890 Schwester Regine. In Nordamerika wird ihre Rückkehr ungeduldig erwartet. Leider tritt jedes Mal ein Rückfall ein, so dass beide Male die Reise erneut verschoben wird.
Die Mitschwestern lernen nach und nach in diesen sich wiederholenden Erkrankungen den Ausdruck göttlichen Willens zu sehen: *„Die Göttliche Vorsehung zeigte so unmißverständlich, daß Mutter Philomena nicht nach Nord-Amerika zurückkehren sollte."*[165] Sie bleibt im Mutterhaus in Paderborn und geht Mutter Mathilde, deren Gesundheit auch schon recht verbraucht ist, zur Hand.
Das St. Josephshaus, das in der Zeit des Kulturkampfes am 7. November 1876 aufgelöst wurde, ist nun wieder in der Hand der Schwestern der christlichen Liebe. Als nach dem Kulturkampf die ersten Tertianships notwendig werden, führt Schwester Philomena diese durch und wird, als das St. Josephshaus wieder öffnet, 1890 zur dessen Oberin ernannt. Als sich ihre Gesundheit nach und nach wieder stabilisiert, kann sie umfangreichere Tätigkeiten übernehmen. Neben der Leitung der Tertianships kümmert sie sich um verschiedene geschäftliche Angelegenheiten und übernimmt Reisen innerhalb der deutschen Provinz, um Mutter Mathilde zu entlasten.
In dieser Zeit wird sie von den Mitschwestern in der folgenden Weise gewürdigt:
„Mutter Philomena verdient auch die Dankbarkeit der Genossenschaft für die vielen Zufluchtsorte und Tertianships im St. Josefshaus. Sie erreichte das meiste nicht durch ihre Arbeit, sondern eher durch ihre Beispielhaftigkeit. Sie war immer freundlich und leicht zugänglich; ein Beispiel von der Nächstenliebe, die durch unsere Heiligen Konstitutionen vorgeschrieben werden; ein Freund des gewöhnlichen Lebens; eine Seele des Gebets; ein Muster von Schlichtheit, Demut und Bescheidenheit; von kühnem Sieg über sich selbst bei äußerlichen und innerlichen Leiden und vom völligem Verzicht gegenüber allem was durch Gott gesandt wurde."[166]

---

[165] Brief des Mutterhauses an die Schwestern der christlichen Liebe 1917
[166] Geschichte der Schwestern der christlichen Liebe 1924, S. 36

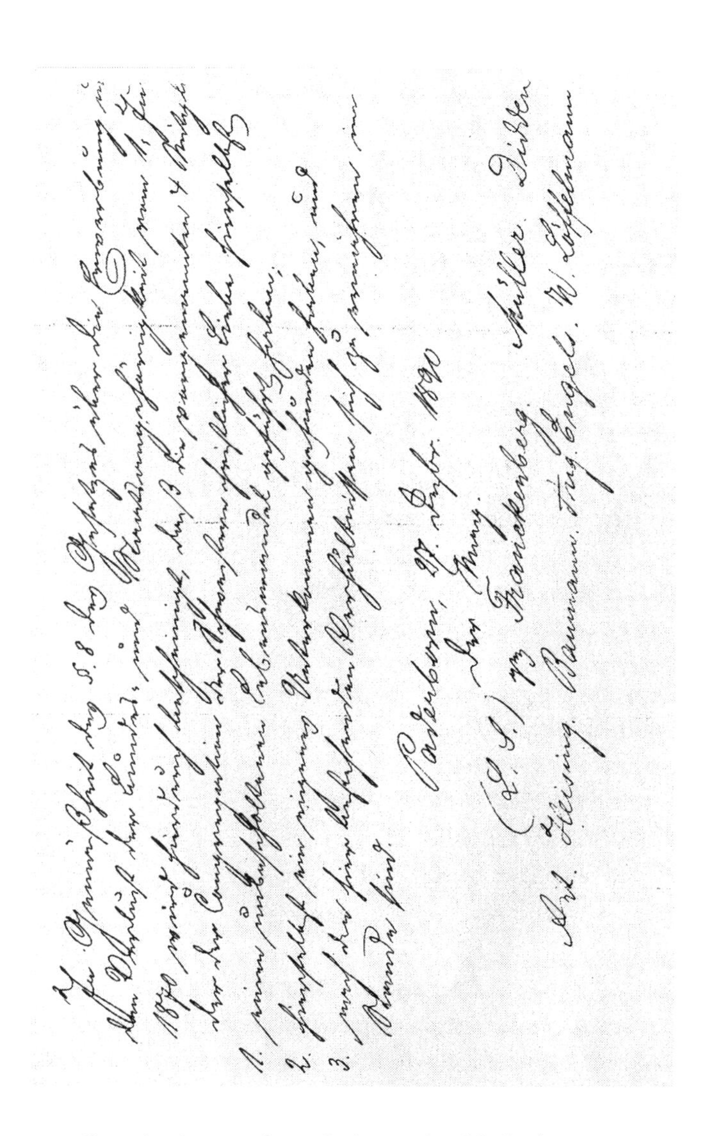

Genehmigung eines Antrags des Mutterhauses
durch das Bürgermeisteramt der Stadt Paderborn im Jahre 1890
Stadtarchiv Paderborn

Schwester Philomena erhält ihre deutsche Staatsangehörigkeit im Jahre 1890 wieder zurück

Im Jahre 1890 wird vom Mutterhaus in Paderborn für vier Schwestern ein Antrag wegen *„der Erwerbung der Landes- und Staatsangehörigkeit“* gestellt und zwar für

Gertrud Schmittdiel, Ordensname Philomena, weil sie 1874 nach Nordamerika auswanderte,

Johanna Suren, Ordensname Ida, weil sie 1867 nach Belgien und später nach Dänemark auswanderte,

Euphania van Hüllen, Ordensname Ernestine, weil sie 1874 ins Fürstentum Liechtenstein auswanderte und

Emma Pfort, Ordensname Giordana, weil sie 1876 nach Böhmen auswanderte.

Sieben Herren der Paderborner Stadtverwaltung unterschreiben am 27. Februar 1890 folgende Ausführungen:

In Gemäßheit des § 8 des Gesetzes über die Erwerbung und des Verlust der Landes- und Staatsangehörigkeit vom 1. Juli 1890 wird hierdurch bescheinigt, daß die vorgenannten 4 Mitglieder der Congregation der Schwestern der christlichen Liebe hierselbst

1. einen unbescholtenen Lebenswandel geführt haben,
2. hierselbst ein eigenes Unterkommen gefunden haben und
3. nach den hier aufgefundenen Verhältnissen sich zu ernähren im Stande sind. [167]

[167] Stadtarchiv Paderborn

Laufende Nr.	Vor- und Zuname	Ordensname	Stellung und Tätigkeit in der Niederlassung	Staatsangehörigkeit	Tag und Jahr der Geburt	Tag und Jahr des Eintritts in den Orden oder in die Congregation	in die Niederlassung
1.	2.	3.	4.	5.	6.	7.	8.
1.	Mathilde Rothe	Mathilde	General-Oberin u. Haus-Oberin	Preussen	6. Juni 1828	21. Aug. 1849	23. Dez. 1887
2.	Ferdinandine Ficke	Augustine	Novizenmeisterin	do	26. März 1824	2. Feb. 1862	29. März 1888
3.	Gertrud Schmittdiel	Philomena	do	do	13. Juni 1837	2. Feb. 1859	Naturalisiert am 14. März 1894
4.	Pauline Heggen	Wunnibalda	Procuratorin	do	24. Nov. 1845	3. Dez. 1863	23. Dez. 1867
5.	Elisabeth Rüth	Barbara	Secretairin	do	7. Jan. 1844	2. Feb. 1862	29. März 1888

Naturalisiert am 14. März 1894
Stadtarchiv Paderborn

10. Generaloberin in Paderborn

Schwester Philomena ist Generaloberin der Genossenschaft von 1893 - 1905

Während des Generalkapitels im Jahre 1893 wählen die Vertreterinnen der Provinzialhäuser Schwester Philomena Schmittdiel zur dritten Generaloberin der Genossenschaft.

Vor- und Zuname.	Ordens-name	Stellung und Thätigkeit in der Niederlassung.	Staats-angehörigkeit.
2	3	4	5
Gertrud Schmittdiel	Philomena	General-Oberin und Haus-Oberin	Preußen
Mathilde Kothe	Mathilde	Ist krank	do
Elisabeth Hartmann	Juliana	Novizenmeisterin	do
Pauline Heggen	Wunibalda	Procuratorin	do
Elisabeth Rüth	Barbara	Secretairin	do

Auflistung der Bewohner des Mutterhauses in Paderborn
Stadtarchiv Paderborn

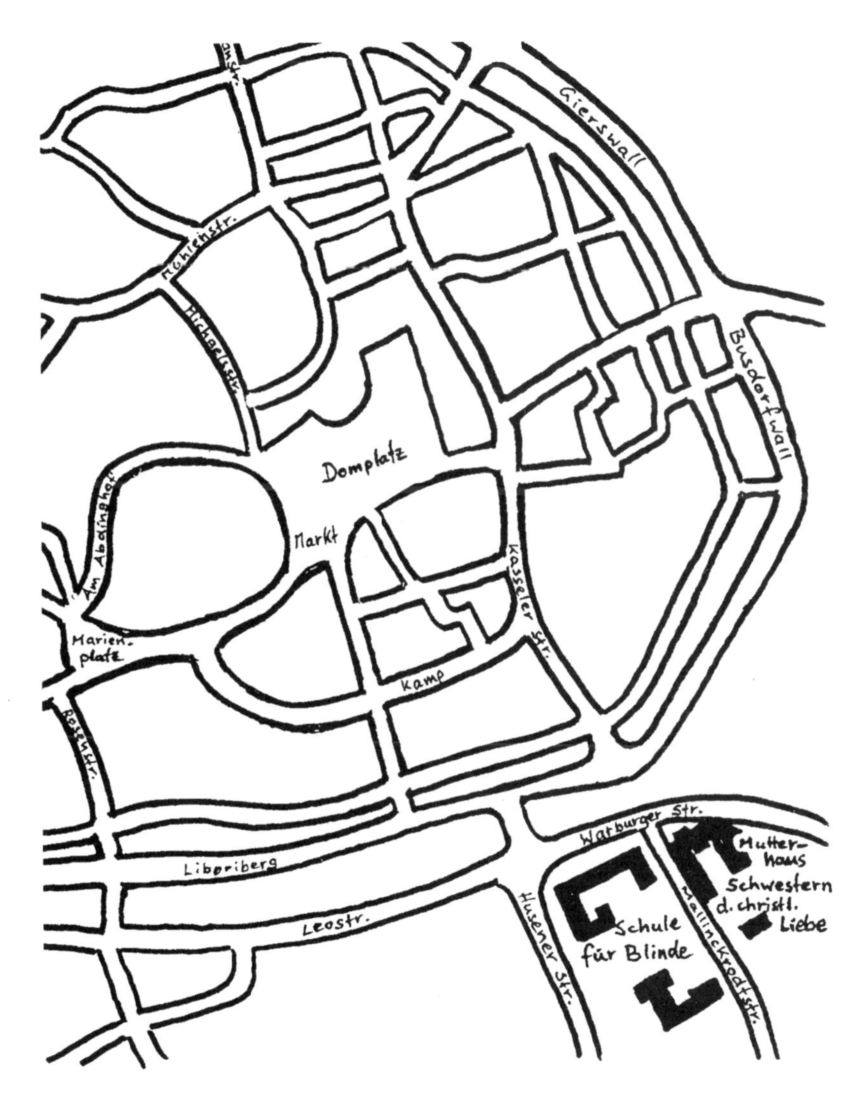

Mutterhaus und Provinzial-Blindenanstalt in Paderborn
Karte von Rüdiger Widmann

Paderborn, den 30. November 1893.

Ew. Hochwohlgeboren

ersuche ich ganz ergebenst, für die in einliegendem Verzeichnisse genannten Schwestern die Aufnahme resp. Wiederaufnahme in den Preußischen Unterthanen-Verband hochgeneigtest erwirken zu wollen.

Mit vorzüglicher Hochachtung

Schwester Philomena Schmittdiel
Oberin der Congregation der Schwestern der christlichen Liebe.

Herrn Bürgermeister Franckenberg
Hochwohlgeboren
Hier.

Schreiben an Bürgermeister Franckenberg, Paderborn 1893
Stadtarchiv Paderborn

Paderborn, den 30. November 1893

Ew. Hochwohlgeborenen

ersuche ich ganz ergebenst, für die in einliegendem Verzeichnisse genannten Schwestern die Aufnahme resp. Wiederaufnahme in den Preußischen Unterthanen-Verband hochgeneigtest erwirken zu wollen.

Mit vorzüglicher Hochachtung

Schwester Philomena Schmittdiel
Oberin der Kongregation der Schwestern
der christlichen Liebe.

Herrn Bürgermeister Franckenberg

Hochwohlgeboren

Hier

Nähere Angaben über die einzelnen Zweige der Thätigkeit der Niederlassung

Die Zweige der Thätigkeit im Mutterhause und in dem damit verbundenen St. Josephs-Krankenhause sind:
a. die Hauptverwaltung der Genossenschaftsangelegenheiten.
b. die Ausbildung der Novizinnen für die Congregation;
c. die Verpflegung kranker und altersschwacher Schwestern der Congregation.

Stadtarchiv Paderborn

Nähere Angaben über die einzelnen Zweige der Thätigkeit der Niederlassung

Die Zweige der Thätigkeit im Mutterhause und in dem damit verbundenen St. Josephs-Krankenhause sind:

a. die Hauptverwaltung der Genossenschaftsangelegenheiten;
b. die Ausbildung der Novizinnen der Congregation;
c. die Verpflegung kranker und altersschwacher Schwestern der Congregation

Ihre Amtsvorgängerin Mathilde Kothe gründete die Kongregation in Deutschland mit *„stiller, umsichtiger Arbeit“* gleichsam neu. Dank ihrer erfolgreicher Verhandlungen können die Schwester der christlichen Liebe wieder ins Mutterhaus nach Paderborn zurückkehren. Mutter Philomena setzt diese Arbeit mit ihren *„reichen Gaben des Geistes und des Herzens“* erfolgreich fort. In bewundernswerter Weise hat sie die Fähigkeit, *„mit Menschen jeden Schlages umzugehen, die Kräfte der einzelnen zu erkennen und sie mittelbar und unmittelbar den Zwecken des Ganzen nutzbar zu machen.“*[168]
Gemäß der Satzung sieht die Genossenschaft das Hauptfeld ihrer Tätigkeit in der Erziehung und der Bildung der weiblichen Jugend. Deshalb kümmert sich die neue Generaloberin als erstes um Nachfolgerinnen für die vielen tüchtigen Lehrerinnen, die im Kulturkampf mutig nach Nord- und Südamerika ausgewandert sind und ihr Können in den Schuldienst jenseits des Ozeans erfolgreich eingebracht haben. Dazu richtet sie im Mutterhaus verstärkt LEHRKURSE ein. Deren junge Absolventinnen melden sich Jahr für Jahr zu Lehramtsprüfungen für Volksschulen und höhere Mädchenschulen in der Provinz Westfalen. Wie bereits in Amerika werden jetzt auch in Deutschland Schwestern zur Ausbildung in verschiedene Fachschulen, z. B. Handels- und Landwirtschaftsschulen, entsandt. Dieser Schritt macht es schon bald möglich, neue Anfragen und Angebote an die Genossenschaft annehmen zu können, so die höhere Mädchenschule in Soest und Höxter ebenso wie die Missionsschule in Silkeborg in Dänemark. Im ehemaligen Kloster und Wallfahrtsort Maria Treu zu Schlackenwert in Deutschböhmen kann sie ein Töchterinstitut eröffnen. Auch in ihrer Heimatstadt Warburg übernehmen drei Schwestern 1896 den Haushalt im Konvikt im Friedrichsstift. 1904 wird der Grundstein für das Fürsorgeheim Damianeum gelegt, in das 80 Jungen aufgenommen werden. Die volle Betreuung und Erziehung der Kinder und Jugendlichen wird den Schwestern der christlichen Liebe aus Paderborn übertragen.[169]

---

[168] Geschichte der Schwestern der christlichen Liebe 1924, S. 37
[169] F. Mürmann: Die Stadt Warburg, S. 101

Durch diese Aktivitäten vergrößert sich selbstverständlich die Zahl der Schwestern auch in Deutschland wieder. Dadurch und mit der steigenden Zahl der Niederlassungen nehmen jedoch auch die Aufgaben im Mutterhaus stetig zu. Es ist dringend erforderlich, neuen Raum zu schaffen.
Der erforderliche ERWEITERUNGSBAU beansprucht einen Teil des bestehenden Gartens. Erfreulicherweise kann ein an den Garten anschließendes Gelände dazu gekauft werden, um diesen Verlust auszugleichen. Während der Planungsphase gibt es schwerwiegende Probleme für die für den Bau verantwortlichen Schwestern. Aus Pietätsgründen gegenüber der Stifterin haben Mutter Philomena und Mutter Mathilde große Bedenken, das erste kleine Mutterhaus abreißen zu lassen. Endlich finden sie eine Notiz von Mutter Paulines Hand geschrieben, aus dem sie entnehmen können, dass diese sich beim nächsten Erweiterungsbau für einen Abriss entschieden hätte. Ein Stein fällt den beiden vom Herzen. Allen Schwestern in der ganzen Welt wird dieser Entschluss mitgeteilt und begründet.
Der Grundstein wird am 11. Juli 1894 gelegt. Seit dem Erweiterungsbau von Mutter Pauline hat sich im Bauwesen Grundlegendes geändert. Damals war der Bau das Werk der Handwerker gewesen. Ein Maurer- oder Zimmermeister verhandelte mit der Bauherrin und leitete das Ganze. 1894 gibt es schon immer öfter akademisch ausgebildete Architekten oder Baumeister. Die neue Zeit zeigt sich auch darin, dass Fenster und Türen nicht mehr in der Werkstatt des Handwerkers sondern in einer Fabrik mit Maschinenbetrieb gefertigt werden. Baumeister Mündelein wird mit den Umbau- und Erweiterungsarbeiten beauftragt.
Während der Bauphase ist die geschäftstüchtige Generalverwalterin Schwester Wunibalda Hegen die rechte Hand der Generaloberin Mutter Philomena. Bereits in der Zeit des Kulturkampfs und unter den beiden Vorgängerinnen hat sie diesen Posten zu aller Zufriedenheit ausgefüllt.
In der ganzen Genossenschaft verfolgen die Schwestern weltweit mit großem Interesse die Fortschritte am Bau. Jede Provinz beteiligt sich entsprechend ihren Möglichkeiten an der äußeren Aufführung des Gebäudes sowie an dessen innerer Ausgestaltung.

Mutterhaus-Erweiterungsbau mit der hohen gotischen Kapelle von 1895
Archiv der Schwestern der christlichen Liebe in Paderborn

Bereits am 24. Oktober des nächsten Jahres erhält das stattliche Gebäude mit der hohen gotischen Kapelle[170] und dem gotischen Türmchen durch seine Exzellenz, Bischof Dr. Hubertus Simar, die kirchliche Weihe.[171]
Ein prachtvoll geschnitzter Beichtstuhl wird hinten in der Kapelle aufgestellt.[172] Er stammt vom Paderborner Bildhauer Ferdinand Mündelein. Am ersten rechten Pfeiler hängt seit dem Jahre 1899 in einem handgeschnitzten Rahmen das Bild „Unsere Liebe Frau von der Immerwährenden Hilfe".[173] Zwei Urkunden geben Informationen dazu.[174] In der ersten wird die Glaubwürdigkeit des Bildes und seine Herstellung in Rom vom Maler Giovanni Burkhardt bezeugt. Das Original des Bildes wird heute noch in der Kirche St. Alphons Maria Ligouri auf dem Esquilin in Rom verehrt. In der zweiten Urkunde lässt Papst Leo XIII. das Bild mit Ablässen versehen.
Nach dem der Erweiterungsbau vollendet ist, richtet sich die Aufmerksamkeit Mutter Philomenas verstärkt auf die südamerikanische Provinz. Neben den Filialen in Chile sind innerhalb von zehn Jahren diesseits der Kordilleren am Rio de la Plata in der Republik Uruguay blühende Niederlassungen entstanden. Mitten aus der Arbeit reißt ein allzu früher Tod die Provinzialoberin Innocentia Sänger. Fast zur gleichen Stunde verstirbt im Mutterhaus in Paderborn ihre Vorgängerin als Provinzial- und Generaloberin Mathilde Kothe. Langjährige Weggefährtinnen von Mutter Philomena sind sie beide gewesen.

Eine religiöse Gemeinschaft, die über mehrere Kontinente verbreitet ist und in der Schwestern verschiedener Nationen vereinigt sind, bedarf einer Überprüfung durch deren Oberen. So verbringt Mutter Philomena den größeren Teil der Jahre 1896 und 1897 auf ihrer

Visitationsreise durch Nord- und Südamerika

[170] Abbildung in Kapitel 6
[171] Geschichte der Schwestern der christlichen Liebe 1926, S. 39
[172] Abbildung in Kapitel 6
[173] Ebd.
[174] Ebd.

Als die äußerst arbeitsintensive Bauphase abgeschlossen ist, beschließt Mutter Philomena in ihrer „mütterlichen Liebe“ diese noch viel anstrengendere Aufgabe in Angriff zu nehmen, eine Aufgabe voller „Entbehrungen und Selbstaufopferung“, um alle Schwestern – „ihre Töchter“ – seelisch und geistlich zu stärken und zu ermutigen. In Begleitung von Schwester Verena von Papen bricht sie am 22. Februar 1896 nach Nordamerika auf und wird „dort mit unbeschreibbarer Freude im Mutterhaus in Wilkes-Barre empfangen“. Nach einer kurzen Erholungspause besucht sie die fast 50 Häuser der nordamerikanischen Provinz von Melrose bei New York bis nach New Orleans. Hier in Nordamerika wird sie von Schwester Eduarda Schmitz begleitet, die die Begebenheiten interessiert notiert und sie als schöne Erinnerung für die Kongregation erhält. Sie fasst zusammen: „Mutter Oberin gewann durch ihre Bescheidenheit, Demut, Liebe und Sanftmütigkeit schnell alle Herzen. Jeder war von ihr angezogen und betrachtete sich als glücklich in ihrer Gesellschaft zu sein. Keine Arbeit war zu schwer, keine Anstrengung zu groß, wenn das Wohlergehen der Schwestern- und Pfarrgemeinde oder die Rettung von Seelen davon profitieren konnten. ... Sie machte die Schwestern durch ihre ehrliche und mütterliche Liebe glücklich; sie tröstete und ermutigte sie in den Problemen des Missionslebens, welches sie selbst durch eigene Beobachtungen kennen lernte, und baute alle, die mit ihr zusammentrafen durch ihr wunderbares und tugendhaftes Beispiel auf.“[175] Sie kehrt am 31. August ins Mutterhaus nach Paderborn zurück.

Hier angekommen beschließt sie, die südamerikanische Provinz noch im gleichen Jahr zu besuchen. Die Vorbereitungen sind bereits getroffen. Schwester Conrada ist als ihre Begleitung schon angereist. Aber auf ausdrücklichen Wunsch des Bischofs muss Mutter Philomena diese Reise bis zum nächsten Jahr verschieben. Die vorherige Reise hatte ihre Gesundheit zu sehr in Anspruch genommen und den Körper sichtlich geschwächt.

[175] Schreiben des Mutterhauses an die Schwestern der christlichen Liebe 1917

Übersicht über Südamerika
Karte von Rüdiger Widmann

Schaufenster in die Vergangenheit: Südamerika mit Chile

Chile ist ein schmaler, sich über 4300 km erstreckender Landstrich von überwältigender Schönheit und unbeschreiblichen Kontrasten zwischen den hoch aufragenden Anden oder Kordilleren, den uralten Wäldern im Seendistrikt und den wild zerklüfteten Küsten am pazifischen Ozean mit den bezaubernden Hafenstädten und Fischerdörfern. Die Atacama Wüste im Norden ist die unbewohnbarste Gegend der Erde. Die südlichste Spitze ist Kap Horn im chilenischen Patagonien, einem wunderbaren Vorgebirge umgeben von beinahe nie enden wollenden Stürmen und tosenden Seen. Dieses Gebirge ist nur durch die neblige Stille der Magellanstraße zu durchqueren. Zwischen diesen Extremen leben in der Mitte des Landes die Menschen. Im nördlichen Gebiet, der Heimat der Mapuche-Indianer, liegen die Weingärten und große Farmen mit der Hauptstadt Santiago. Im südlichen Teil finden sich in die urzeitlichen Wäldern die zwölf großen Seen, die vor der malerischen Vulkanlandschaft der Anden liegen. 55 der Feuer speienden Berge sind noch aktiv und stellen eine ernsthafte Bedrohung für die Bewohner dar. Hier ist die Heimat der chilenischen Eingeborenen, den Araukanern.
In der Mitte des 15. Jahrhunderts zogen die Inkas aus dem heutigen Peru kommend nach Süden, wo sie in der Gegend des jetzigen Santiago auf erbitterten Widerstand der einheimischen Mapuche-Indianer stießen. Damals lebten zwischen Rio Acongura und der Insel Chiloé etwa eine Million Indianer vom Volk der Araukaner.
Der erste Europäer, der Chile erblickte, war der portugiesische Forschungsreisende Hernando de Magallanes. Er segelte am 1. November 1520 durch die nach ihm benannte Meeresenge. Die Fahrt war so sehr abenteuerlich und gefährlich, dass seine Schiffsmannschaft nicht bereit war, den Rückweg auf diesem Wege anzutreten.
Etwas später kamen die Spanier nach Südamerika. Pedro de Valdivia erhielt als Anerkennung für seine kriegerischen Verdienste Chile. Er machte sich auf, das neue Land zu unterwerfen. Die einheimischen Mapuche wurden zur Arbeit gezwungen, bis sie rebellierten, jedoch

wieder unterworfen wurden. An seine Gefolgsleute verteilte Valdivia nicht nur Landparzellen, sondern auch Indianer als Zwangsarbeiter für die Feldarbeiten. 1550 gründete er die Stadt Concepción und ein Jahr später Valdivia. Den Siedlern war bald klar geworden, dass der Reichtum Chiles durch Acker- und Bergbau hart erarbeitet werden musste. Indianer und „mestizos“, Nachfahren der Weißen und Indianer, dienten als Arbeitskräftereservoir.
Durch die Dampfschifffahrt waren Überseereisen im 19. Jahrhundert einfacher geworden. Dazu kam, dass der deutsche Naturforscher Bernhard Philippi der chilenischen Regierung einen Kolonisationsplan entwarf, hier deutsche Bauern anzusiedeln. Zu diesem Zweck erließ Präsident Manuel Montt im Jahre 1845 das Kolonistengesetz. So wurden zur Erschließung der unwirtlichen, aber fruchtbaren Gebiete im Seendistrikt deutsche Siedler ins Land gerufen. 1853 gründeten sie die Stadt Puerto Montt am Ufer des Golfs von Reloncaví. Bis 1860 hatten sich mehr als 3000 Einwanderer am malerischen Llanquihue-See sowie im Gebiet um Osorno bis hinauf nach Valdivia angesiedelt. Trotz der ungünstigen klimatischen Verhältnisse lebten viele auf dem Land, andere arbeiteten als Gerber, Schmied, Zimmermann, Bierbrauer, Uhrmacher, Schlosser und Schneider.
Bis zum Ende des 19. Jahrhunderts siedelten weniger als 10 000 deutsche Einwanderer in Chile. Es waren Westfalen, Hessen, Sachsen, Württemberger und Deutschböhmen. Sie wohnten oft vereinzelt im Urwald mitten unter der einfachen chilenischen Landbevölkerung ohne schulische Einrichtungen und seelsorgerliche Betreuung. In der Riesendiözese von Ancud waren nur wenige Seelsorger, so dass in die entlegenen Gegenden nur alle zehn Jahre ein Priester kam. Er hielt dann Mission, taufte die Kinder, bereitete die Erwachsenen auf die heiligen Sakramente der Beichte und der Kommunion vor und segnete die Ehen ein.
Durch das Engagement, die Opferbereitschaft und die spezialisierten Fähigkeiten dieser Einwanderer entwickelte sich im Süden Chiles eine blühende Landwirtschaft, Industrie und Kultur. Das war weit mehr als man sich von der Kolonisationspolitik erwartet hatte. Aus dieser Tat-

sache ergab sich, dass die deutsche Kolonie in der chilenischen Gesellschaft eine wichtige, zeitweise auch umstrittene Rolle spielte.
In Chile bestand kein Schulzwang. Die begüterte Bevölkerung finanzierte ihren Kindern eine Schulausbildung in privaten Schulen oft mit Internaten. 1874 gab es noch gar keine Schulen für Mädchen. Die ärmeren Bevölkerungsanteile erhielten keine elementare Bildung. [176]

Gründung der südamerikanischen Provinz

Auf den dringenden Wunsch von Jesuitenpatres hin richtete 1874 die chilenische Regierung ihre Anfrage um Lehrerinnen und Krankenschwestern an Pauline von Mallinckrodt. Daraufhin sandte sie im September 12 Schwestern für die Erziehung der weiblichen Jugend und die Krankenpflege nach Chile. Sie gründeten Schulen mit Pensionaten, höhere Lehranstalten, Volks- und Armenschulen, Waisenhäuser und Hospitäler und walteten als Hüterinnen und Pflegerinnen deutscher Kultur und katholischen Geistes.
Immer wieder kamen neue Schwestern aus Deutschland, aber auch Chileninnen und Auswanderinnen traten in die Genossenschaft ein. So konnte die Genossenschaft ihren Aufgabenkreis in Südamerika stetig vergrößern.
Das erste Mutterhaus der Südamerikanischen Provinz mit Noviziat entstand in Ancud. 1878 wurde es nach Concepción verlegt. 1907 erfolgte eine erneute Verlegung nach San Bernardi. Am 15. 10. 1927 wurde die Uruguayische-Argentinische Provinz abgetrennt und das Mutterhaus in Montevideo errichtet.
Typisch für Südamerikas Schulen sind die „Colegios“. Sie sind im allgemeinen groß angelegte Erziehungsanstalten für Mädchen aus den gebildeten Ständen. Damals lehnten sich die Lehrpläne an die in Deutschland üblichen für höhere Mädchenschulen an. Ein großes Gewicht wurde auf das Erlernen fremder Sprachen und dem Unterricht in den schönen Künsten wie Musik, Zeichnen und Malen und auch auf

[176] http://home.t-online.de/home/fillinchen/einw19-d.htm vom 03.01.04

die Fertigkeiten in feinen Handarbeiten gelegt. Die Eltern der Privatschülerinnen legten großen Wert darauf, dass ihre Töchter einen staatlich anerkannten Abschluss erhielten. Unterrichts- und Umgangssprache war spanisch. Deutsch erhielt einen gebührenden Platz. In deutschen Gebieten Südchiles wie Valdivia und Osorno wurden einzelne deutsche Klassen eingerichtet.
Die Bischöfe bestanden auf den Armen- oder Freischulen, weil sonst die Voraussetzungen für die Seelsorge gefehlt hätten. Der Unterricht war kostenlos und wurde von hunderten von Kindern angenommen. Eltern und Kinder entschädigten Mühe und Arbeit durch Dankbarkeit und Anhänglichkeit.
Junge Lehrschwestern wurden im Provinzialmutterhaus und den großen Colegios in Santiago und Montevideo ausgebildet und in Kursen auf das höhere Lehramt vorbereitet.
In den vier *Waisenhäusern* sorgten die Schwestern für etwa 400 arme und elternlose Mädchen. Sie erhielten Erziehung und Unterricht. und verrichteten Tätigkeiten, durch deren Ertrag die Verpflegungskosten zum Teil gedeckt wurden.
In der Purisima in Santiago beschäftigten sich die Mädchen in einer Abteilung mit Woll-, Baumwoll- und Seidenstickerei im Hand- und Maschinenbetrieb, in einer anderen mit Sticken und Kunststopfen.
Die Zöglinge im Asilo in Ancud fertigten verschiedenartige Strickwaren. In einer Druckerei und Buchbinderei wurden Druckarbeiten für die Bewohner der Stadt und der weiteren Umgebung ausgeführt.
Im Asilo in Valdivia beschäftigten sich die älteren Zöglinge vor allem mit Waschen, Plätten, mit Näh-, Flick- und anderen Arbeiten, die im Haushalt gefragt waren. So sollten sie lernen, ihren Lebensunterhalt selbst zu verdienen.
Die neun *Hospitäler* blieben im Eigentum des Staates. Die wirtschaftliche Verwaltung lag in den Händen von staatlichen Angestellten. Die Schwestern halfen hier jährlich Tausenden von Kranken, Armen und Verlassenen an Leib und Seele und betreuten die Apotheken, die mit den Hospitälern verbunden waren. Die arme Bevölkerung erhielt die

Medikamente kostenlos. Die „*hermana medica*“[177] wie der einfache Chilene die Kranken- und Apothekenschwester nannte, „*genoss sein volles Vertrauen. Ihr klagte er kindlich offen all sein Leid und ging getröstet heim.*“[178]

MUTTER PHILOMENA GEHT 1897 AUF VISITATIONSREISE NACH SÜDAMERIKA

„*Der unversehrten Bewahrung und Kräftigung des rechten Ordensgeistes, der Aufrechterhaltung der klösterlichen Zucht, wie auch der Förderung des Familiensinnes dienen die von der heiligen Kirche vorgeschriebenen Visitationen, welche die Generaloberin in der ganzen Genossenschaft und die Provinzialoberinnen in ihren Provinzen abzuhalten haben.*“[179]
Mutter Philomena schifft sich in Begleitung von Schwester Conrada Emmert am 25. August 1897 in Antwerpen ein und erreicht am 18. September nach einer gefahrvollen Überfahrt über den Atlantischen Ozean das erste Ziel der Visitationsreise: Montevideo in Uruguay. Von hier aus besucht sie die Häuser der Kongregation.
Seit 1884 werden in den Städten des Landes Colegios eingerichtet, so in Montevideo, Santa Lucia, Durazno und Salto.
Die Hauptstadt *Montevideo* hat damals durch zahlreiche Kirchen, Männer- und Frauenklöster und klösterliche Erziehungsinstitute schon ein verhältnismäßig reges religiöses Leben. Der Beginn des klösterlichen Lebens ist deshalb in Montevideo leichter als in Chile.
Im Colegio de la Inmaculada Concepción wird Mutter Philomena herzlich und freudig empfangen. Hier betreiben die Schwestern ein Internat und ein Externat mit Volksschulklassen, eine Höheren Mädchenschule und einen Kindergarten. Mit großer Begeisterung lernen die Schülerinnen Fremdsprachen, Malen und Musik. Der angebotene Musikunterricht hat sogar die Qualität eines Konservatoriums. Eine Kommission des öffentlichen Konservatoriums La Lira nimmt jedes Jahr den Studentinnen im Colegio die Prüfungen für die Musikprofes-

[177] Geschichte der Schwestern der christlichen Liebe, 1924, S. 69
[178] Ebd., S. 69
[179] Ebd., S. 69

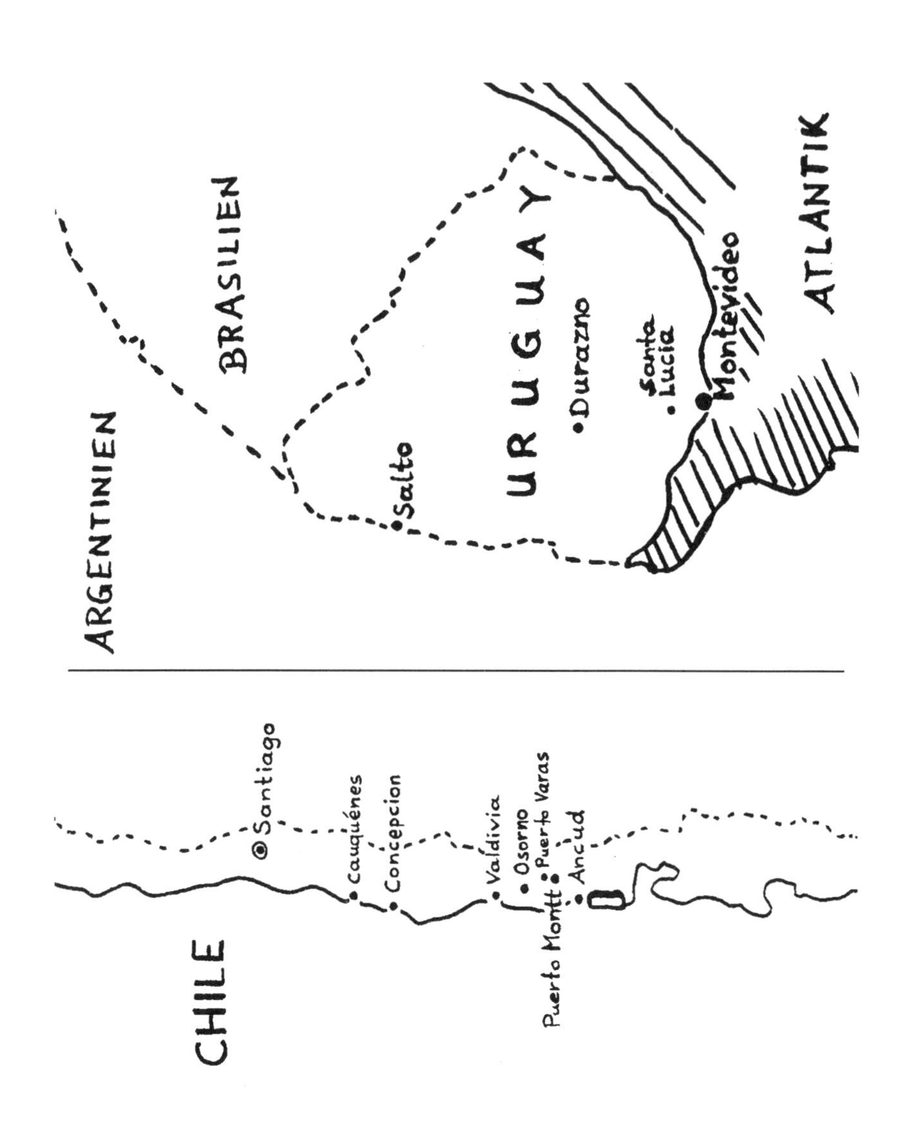

Filialen in Chile und Uruguay
Karte von Rüdiger Widmann

sorin ab. Stolz werden Mutter Philomena die goldenen Medaillen für ausgezeichnete Leistungen im Fach Musik vorgezeigt. Es wird auch nicht vergessen, von den mit dem Colegio verbundenen Armen- und Sonntagsschulen zu berichten. Wie mühevoll war die Arbeit, welche Dankbarkeit kam zurück!

Nicht nur in Montevideo sondern auch in Durazno und Salto vereinigen sich die Schulentlassenen, die Exalumnas, und stehen den Schwestern gerne zur Verfügung, wo immer leibliche Not und seelisches Leid zu lindern ist. In ihren monatlichen Versammlungen im Colegio erhalten sie religiöse und wissenschaftliche Anregungen. Selbstverständlich wird auch die Geselligkeit nicht vernachlässigt.

Außerhalb der Landeshauptstadt sind keine religiösen Einrichtungen zu finden. Wegen des großen Priestermangels kommt in ländliche Gegenden nur alle paar Jahre ein Priester. Dem Missionseifer der Schwestern sind so in Uruguay keine Grenzen gesetzt.

So wird Mutter Philomena berichtet, dass in *Santa Luzia* das Colegio der Schwestern die einzige christliche Schule meilenweit für ungefähr 10 000 Menschen ist. Sie kann erkennen, dass die Aufgabe riesengroß und die Anstrengung unermesslich ist. Die Schwestern unterrichten arme und reiche Kinder, Mädchen und Knaben. Nach Unterrichtsschluss strömen arme Kinder für den Kommunionunterricht herbei. Danach werden bis in die Abendstunden arme Dienstmädchen und Lehrjungen auf den Empfang der heiligen Sakramente vorbereitet. An Sonn- und Feiertagen widmen sich die Schwestern armen Frauen und Dienstmädchen.

„*Jedermann nimmt seine Zuflucht zu den Schwestern.*“[180] Mutter Philomenas Sorge zielt auf die Erholung und die Zeit der geistlichen Erneuerung der Schwestern. Sie anerkennt mit einfühlsamen Worten ihren Fleiß und ihre Opferbereitschaft.

Jedoch lockern auch Anekdoten aus dem Alltag die Atmosphäre auf: Während eine Schwester im Garten arbeitet, kriecht ein 16jähriger Junge durch ein Loch in der Hecke, in der Hand Tafel und Fibel. Er bittet die Schwester, ihm Lesen und Schreiben zu lehren.

Ähnliches wie in Santa Lucia erfährt Mutter Philomena in *Durazno*. Frei vom staatlichen Schulzwang wachsen die ärmeren Kinder ohne

---

[180] Geschichte der Schwestern der christlichen Liebe 1930, S. 101

Schulklasse in Chile
Archiv des Mutterhauses in Paderborn

Bildung heran. Die Armenschulen für den elementaren Unterricht der Kinder und die Sonntagsschulen für die Frauen ebnen den Weg zu einer erfolgreichen Seelsorge. Die Frauen lernen auch Nähen und andere Handarbeiten.
Noch schwerer hatten es die Schwestern zu Beginn in *Salto*. Als sie 1889 hierher kamen, hatten die Freimaurer die Herrschaft. Es war eine Stadt mit 20 000 Einwohnern unter denen sich auch deutsche Ingenieure und Hafenarbeiter befanden.
Mutter Philomena erfährt, dass damals nur ein einziger Priester da war. Als die Schwestern ihre erste Schule gegründet hatten, entwickelte sich ein neues kirchliches Leben. Heute ist Salto Bischofssitz. Viele Kinder wurden auf die heilige Kommunion vorbereitet. Diese Marienkinder missionieren auf dem Land und sorgen dafür, dass Kapellen gebaut und eingerichtet werden, in denen die Missionare die Messe lesen und die Sakramente spenden können.
Erst 1905, aber noch zu Lebzeiten Mutter Philomenas, wird in Argentiniens Hauptstadt Buenos Aires das Colegio Mallinckrodt gegründet.
Ihre Reise setzt Mutter Philomena mit dem Schiff südwärts an der Küste Patagoniens entlang fort. Sie durchquert den Kontinent auf der gefährlichen Magellanstraße und fährt dann an der chilenischen Küste nordwärts bis zum Hafen Corral bei Valdivia. Dort wird sie von den Schwestern freudig erwartet und von ihnen mit großer Fürsorge mit der Eisenbahn nach Concepción begleitet. Die Eisenbahn von Valparaíso nach Santiago war 1863 fertig gestellt worden.
Die Niederlassung in *Concepción* wird im Jahre 1878 gegründet und ist die größte Schule der Schwestern mit mehreren hundert Schülerinnen. Sie umfasst das Colegio de la Inmaculada Concepción mit einem Externat, einer Volksschule als Armenschule und einige Knabenklassen. Dasselbe Angebot findet sich in Talcahuano, das 1890 begonnen wird. Mutter Philomena lernt staunend die ganz andersartige Arbeit in Südamerika bewundern.
Vom Provinzialmutterhaus aus besucht sie auf höchst beschwerlichen Reisen zu Wasser und zu Land die zum Teil weit entfernten Filialen in Chile.
Nach Norden führt die Reise mit der Eisenbahn nach *Santiago*, der Hauptstadt und des größten Handelszentrums Chiles. 1541 war es von Pedro de Valdivia gegründet worden. Die Stadt ist kaum 60 km

von den Anden entfernt. 100 km sind es bis zu den schönen Buchten des Pazifiks und im Süden ist es von den fruchtbaren Weingärten des Maipo Tales umrahmt. Die Schwestern der christlichen Liebe errichten dort 1894 das Colegio de Maria Inmaculada mit Internat, während das Waisenhaus bereits 1880 entstanden ist.
Im Gebiet der deutschen Kolonien sind damals Puerto Montt und Valdivia die Zentren der Erziehungstätigkeit und karikativen Arbeiten der Genossenschaft. Die deutschen Einwanderer gehen meist in der Bucht von Reloncavi an Land und siedeln um den malerischen Llanquihue-See. Die Schwestern erklären Mutter Philomena, dass jedoch nicht davon ausgegangen werden darf, dass jeder Auswanderer ein erfolgreicher Siedler wird. Krankheit und Tod, Vertragsverletzungen und falsche Versprechungen führen auch zum Scheitern von Siedlern und zu deren Rückreise, wenn sie das Geld noch dazu haben. Neben Erfolgsgeschichten stehen auch bittere Misserfolgsgeschichten. So kommt es, dass in Chile immer Menschen mit großem Reichtum neben Menschen in bitterster Armut zu finden sind. Die klimatischen und kulturellen Verhältnisse verursachen insbesondere unter der armen Bevölkerung häufige Typhus- und Pestepidemien. Mutter Philomena spürt und anerkennt das Engagement der Schwestern. Erheitert hört sie sich auch lustige Anekdoten an.
Es war oft nicht leicht, sich diesen Menschen verbal anzunähern. Als der Fürsprecher des Südens, Vincente Pérez Rosales eine Feier zur Gründung von Puerto Montt veranstaltet, versteht keiner der Einwanderer ein Wort. Die Liturgie des katholischen Priesters wird von der protestantischen Menge unterbrochen, die den *Choral „Hier liegt vor deiner Majestät*“ anstimmt.[181]
Schon in den ersten Jahren wird hier in *Puerto Montt* eine bedeutende Niederlassung der Provinz gegründet: 1875 entsteht das St. Josephshaus, ein Colegio mit Pensionat für die Siedlerkinder. Kindergarten, Knabenklasse, Sonntagsschule, Haushaltungs- und Nähschule sind daran angegliedert. Das Waisenhaus hat eigene Schulklassen. 1876 kommt das Hospital de San José dazu. Der vielfältige Einsatz erfährt große Anerkennung.

---

[181] Polyglott Chile S. 244

Die selben Einrichtungen bestehen seit 1875 in *Ancud*. Das Hospital ist San Carlos geweiht. Ancud liegt im Nordwesten der großen, regenreichen Insel Chiloé. Die Chiloten heben sich durch ihren Stolz und ihre Unabhängigkeit von den Chilenen ab. Ihr Dialekt ist durchsetzt mit indianischen Wörtern. Ihre Tänze und ihre Musik haben eigenständige Formen entwickelt. Sie besitzen einen unbeschreiblichen Reichtum an fesselnden Mythen und Legenden.
Zu den schönsten architektonischen Eigenheiten der Insel zählen die Holzkapellen der Jesuiten. Sie sind Teil der jesuitischen Wandermission, die lediglich aus einem Boot bestand, in dem zwei Missionare ihre jährliche Runde machten. Es war randvoll mit religiösen Gegenständen ausgestattet, darunter tragbaren Altären und einem Kruzifix. Die Kinder hatten ein „heiliges Herz“, die Junggesellen einen „heiligen Johannes“, die verheirateten Männer einen „heiligen Isidor“, unverheiratete Frauen eine „Mater dolorosa“ und verheiratete eine „heilige Notburga“.[182] Die etwa 150 Kapellen sind Zeugnis für die außerordentliche Leichtigkeit, mit der die Chiloten fremde Kulturen absorbierten, ohne ihre eigene Identität aufzugeben. Der Baustil war stark von der deutschen Architektur beeinflusst, denn viele Jesuiten stammten aus Bayern. Deutsche Siedler aus Llanquihue und Puerto Montt erfinden die Holzschindeln an den Außenwänden der Kapellen. Auf der Insel entsteht in Ancud die erste Diözese in Chile
In Puerto Montt und Valdivia ist die Bevölkerung buntgemischt, den größten Anteil übernahmen die Deutschen. In Valdivia entsteht 1883 das Colegio San Rafael mit Internat und Externat und einer Armen- und Sonntagsschule. Die Schule hat einen ganz internationalen Charakter. Deutsche, chilenische, spanische, französische, italienische, englische, holländische und auch chinesische Kinder werden dort von den Schwestern unterrichtet. Zuvor wird schon 1878 das Hospital San Juan de Dios übernommen. Auch in Cauquenes wird 1886 die Arbeit im Hospital San Juan de Dios begonnen, wie im Jahr zuvor bereits in Linares und noch ein weiteres Jahr früher in Angol.
Die Arbeit der Schwestern der christlichen Liebe gilt natürlich an erster Stelle der Erhaltung der christlichen Religion in allen Bevölkerungsschichten. In den Sonntagsschulen bieten die Schwestern ar-

[182] Polyglott Chile S. 266

men Dienstmädchen und Frauen Gelegenheit, sich die notwendigen Religionskenntnisse anzueignen. Die gut besuchten Knabenklassen sind von besonderer Bedeutung für den Priesternachwuchs. Der eine oder der andere Junge besuchte anschließend das kleine Seminar, um sich auf den Priesterberuf vorzubereiten. Die Situation in Südamerika zeigt sich ganz anders, als Mutter Philomena es von Nordamerika kennt. Voller Bewunderung lässt sie sich die Arbeit aufzeigen.

Die Schwestern bilden aus dem Kreis ihrer begeisterten Zöglinge Helferinnen bei den Werken des Seeleneifers und der Caritas heran. Manche von ihnen wählen sich ganz arme Kinder zu ihren besonderen Schützlingen aus, und sorgen für sie in mütterlicher Weise. Sie nähen und stricken Kleidungsstücke für sie, veranstalten im Kolleg kleine Feste, bei denen sie selbst die Bedienung übernehmen, und suchen sie auch sonst bei jeder Gelegenheit zu erfreuen.

Die eifrigen Mitglieder der in fast allen Colegios bestehenden Marianischen Kongregation sind unermüdlich in den Werken des Seeleneifers. Sie bereiten arme Kinder in ihrer Umgebung zur heiligen Beichte und Kommunion vor, helfen in der Pfarrkirche bei der Christenlehre, in dem sie kleinere Gruppen von Kindern unterrichten, unterstützen die Priester bei den mühsamen Missionen auf dem Lande, kollektieren zum Bau von Kapellen und fertigen Paramente für dieselben an. Ein weiteres Anliegen ist es ihnen, Schülerinnen religionsfreier Staatsschulen für ein echt katholisches Leben zu gewinnen. Einige Gutsbesitzerstöchter verwenden ihre Ferienzeit dazu, den Kindern der armen Landarbeiterfamilien Religionsunterricht zu erteilen.

Die jüngeren Schülerinnen, sie werden die Kreuzfahrer (cruzadas) genannt, wetteifern miteinander, um durch Gebet, häufigen Sakramentenempfang und kleine Opfer Seelen für den lieben Gott zu gewinnen.

Unbeschreiblich ist überall die Freude der Schwestern, in dem entlegenen Weltteil so lieben Besuch aus dem Generalmutterhaus begrüßen zu können. Mutter Philomena lernt nun aus eigener Anschauung die mannigfachen Schwierigkeiten der chilenischen Verhältnisse kennen. Sie begeistert all ihre Töchter zu heiligem Eifer und freut sich mit

ihnen über ihre schönen Erfolge. Mit Worten der Liebe und des Segens scheidet sie aus ihrer Mitte.
Die Rückreise nach Montevideo führte durch die großartig wilde Gebirgswelt der Kordilleren. Auf dieser gefahrvollen Reise hält einmal plötzlich die Eisenbahn auf einer Brücke an, die über eine tiefe Schlucht führt. Herabgefallene Felsstücke haben die Schienen beschädigt, was glücklicherweise noch rechtzeitig bemerkt wird. Wie danken die Reisenden Gott für die glückliche Rettung. Die größte Strecke der Kordillerenreise muss damals noch mit der Pferdekutsche zurückgelegt werden. Und da fehlt es erst recht nicht an Gefahren und Abenteuern auf dem weglosen Gelände.
In Montevideo besteigt Mutter Philomena nach kurzer Rast den Dampfer zur Heimfahrt.
Schwester Conrada gibt den Schwestern nach ihrer Rückkehr einen lebhaften und ausführlichen Bericht über diese Reise: "*Mutter Philomena wurde überall mit Freude empfangen. Auch hier machte sie die Schwestern durch ihre ehrliche und mütterliche Liebe glücklich. Sie tröstete und ermutigte sie in den Problemen und Schwierigkeiten des Missionslebens, welches sie selbst durch eigene Beobachtungen kennen lernte. Sie baute alle, die mit ihr zusammentrafen durch ihr wunderbares und tugendhaftes Beispiel auf.*"[183]
Gott allein kennt die Opfer und Gefahren, die diese Reise für Mutter Philomena, die schon in den Sechzigern ist, mit sich bringt. Es scheint, dass sie und ihre treue Begleiterin Schwester Conrada dem Tod oft nur durch ein Wunder entrinnen. Während der Zeit in Chile fühlt sich Mutter Philomena extrem schlecht. Trotzdem beendet sie mutig die von ihr begonnene Arbeit. Sie reist weiter nach Nordamerika, wo sie einst selber die neue Provinz mit aufbaute. Welche Freude bricht beim Wiedersehen aus!
„Die mannigfaltigen Beschwerden und Opfer sowie auch die Gefahren dieses Unternehmens ermisst nur jener, der die ungeheuren Entfernungen kennt, welche die auf dem weiten Gebiete zwischen den großen Seen im Norden der Vereinigten Staaten und der Grenze von Texas zerstreut liegenden Niederlassungen trennen, wer die zur damaligen Zeit stellenweise noch primitiven Verkehrsverhältnisse

[183] Schreiben des Mutterhauses an die Schwestern der christlichen Liebe 1917

zwischen der West- und Ostküste von Südamerika, besonders im Hinblick auf die den größten Teil des Jahres schneebedeckten Anden, erwägt. In dankbarer Erinnerung steht darum bei den Schwestern in Nord- und Südamerika noch heute das Bild dieser äußerst bescheidenen, liebenswürdigen, jeder ihrer geistlichen Töchter mit mütterlicher Herzlichkeit begegnenden Generaloberin, die für alle Schwierigkeiten einen so klaren, verstehenden Blick, für alle Bedürfnisse und Nöte ein so hilfsbereites, großmütiges Herz hatte, dieser Mutter, die sich über die Arbeitserfolge ihrer Kinder so innig freuen konnte, so beredt im gesprochenen und geschriebenen Wort zu heiligem Eifer zu begeistern verstand.
Am 9. Mai 1898 kehrte sie glücklich wieder ins Mutterhaus zurück, wo sie neue Arbeiten und Schwierigkeiten erwarteten und setzte mit größtem Eifer ihre Tätigkeit für das Wohl der Genossenschaft fort".[184]

Nach Beendigung dieser großen Reise bereitet sich die ganze Genossenschaft auf das *50jährige Jubiläum* ihres Bestehens vor. Vorteilhaft ist die Tatsache, dass es mit dem alle sechs Jahre abzuhaltenden *Generalkapitel* zusammenfällt. So vereinigt die Jubelfeier im Jahre 1899 die wiedergewählte Mutter Philomena mit den Provinzialoberinnen und den Vertreterinnen der einzelnen Provinzen. Einige sehen nach jahrzehntelanger Abwesenheit ihre deutsche Heimat zum ersten Mal wieder. Die Angehörigen der Länder Chile, Uruguay und der Vereinigten Staaten erleben das Mutterhaus in Paderborn zum ersten Mal.
Die mütterliche Sorge der Generaloberin und ihrer Mitarbeiterinnen für alle ihre Mitglieder bewirkt große Dankbarkeit und herzliche Anhänglichkeit an die Genossenschaft und wirkt sich in recht großzügigen Spenden aus. Manches Schmuckstück in der neuen Kapelle, das eindrucksvolle Grabmal der Stifterin Pauline von Mallinckrodt in der St. Konradus-Kapelle, die Kreuzigungsgruppe und die Ölberggrotte im Garten erinnern an die Freude der Jubeltage. Der Kreuzweg in der neuen Kapelle ist eine Stiftung der zahlreichen Verwandten der Mallinckrodts. [185]

---

[184] Geschichte der Schwestern der christlichen Liebe 1926, S. 40
[185] Ebd., S. 40 ff

Am 4. Februar 1888 erhält die Kongregation die endgültige *Approbation.* Die *Konstitutionen* werden neu überarbeitet, inhaltlich aktualisiert und 1895 neu gedruckt.

Constitutionen

der

Schwestern der christlichen Liebe,

Töchter der Allerseligsten Jungfrau Maria

von der

unbefleckten Empfängniß.

Mit Oberhirtlicher Erlaubniß als Manuscript gedruckt.

Konstitutionen von 1895
Archiv des Mutterhauses in Paderborn

Die Bilanz des Jahres 1899 zeigt 102 Niederlassungen, davon 24 mit 300 Schwestern in Europa, 53 mit 580 Schwestern in Nordamerika. 18 000 Kinder werden jährlich unterrichtet und einige Tausende Kranke gepflegt.[186]
Die Jahrhundertwende bringt neue Schulsorgen. Durch den Erlass vom 31. Mai 1894 des preußischen Unterrichtsministeriums, in dem die „Wissenschaftliche Prüfung der Lehrerinnen" neu geordnet wird, sehen sich die Bischöfe gegenüber den kirchlichen Lehrorden in die Pflicht genommen. An der Universität Münster schaffen sie Wohnmöglichkeiten, in denen Ordensfrauen unter möglichst klösterlichen Verhältnissen einem akademischen Studium folgen können. Die einzelnen Ordinariate fordern die Generaloberinnen auf, ihre Schwestern zum *Besuch der Hochschule* dorthin zu entsenden. Ab 1899 schickt auch Mutter Philomena junge Lehrschwestern zum akademischen Studium nach Münster.
In der Industriestadt Dortmund steigen mit dem enormen Anwachsen der Einwohnerzahl auch die Zahl der Schülerinnen und der Klassen an der höheren Mädchenschule. Ein großer Neubau wird nötig. Die oberen Unterrichtskurse werden vom Mutterhaus nach Dortmund verlegt. 1904 erhält die Genossenschaft die Berechtigung, *pädagogische* Lehrkurse zur Vorbereitung auf die Lehramtsprüfung für Volks-, mittlere und höhere Mädchenschulen einzurichten.
1904 wird in der Blindenschule in Paderborn eine dritte Klasse eingerichtet.[187]

So sehr sich die Genossenschaft um alle aktiven Mitglieder kümmert, umgibt sie mit ihrer mütterlichen Fürsorge auch ihre kranken und leidenden Schwestern. In jeder Provinz entstehen Einrichtungen, in denen die kranken und alten Schwestern mit „ausgesuchter Liebe und Aufmerksamkeit"[188] gepflegt werden.
In ihrem letzten Amtsjahr gilt Mutter Philomenas Augenmerk nochmals den Alten und Schwerkranken im St. Josephshaus in Paderborn. Schon immer liegt es getrennt durch Eisenbahnschienen vor

---

[186] Ebd., S. 40 ff
[187] Th. Barkey: Damit ihr Leben gelingen kann, S.39
[188] Geschichte der Schwestern der christlichen Liebe 1930, S. 43

St. Josephs-Haus am Casseler Tor in Paderborn
Im Hintergrund das Mutterhaus
Archiv des Mutterhauses in Paderborn

dem Mutterhaus am Bahnhof Kasseler Tor. Der Bahnverkehr hat sich zwar vorteilhaft entwickelt, aber die Bewohner des Hauses leiden immer stärker unter der wachsenden Lärmbelästigung, den unzumutbaren Rauch- und Dampfeinwirkungen, die von den Lokomotiven herrühren, und den Erschütterungen des Gebäudes verursacht durch die in größter Nähe vorbei ratternden Züge. Der Zustand ist unerträglich geworden, vor allem für die Bettlägerigen, und eine andere Lösung dringend erforderlich.
Im Juli 1904 erwirbt Mutter Philomena am Stadtrand von Wiedenbrück das 1890 erbaute Osterrathsche Anwesen. Es liegt vor der Neuen Pforte, dem ehemaligen Lippstädter Tor. Dr. jur. Osterrath war zunächst Landrat im Kreis Wiedenbrück gewesen, avancierte dann zum „geheimen Regierungsrat", war am 20. Januar 1901 zum Ehrenbürger der Stadt Wiedenbrück gewählt worden und inzwischen verstorben. Das villenartige Wohnhaus, im Volksmund liebevoll die Burg genannt, und der Park eignet sich hervorragend als Heim für alte, kranke und erholungsbedürftige Schwestern.
Mutter Philomena lässt das Gebäude nach dessen Erwerb nicht unbewohnt stehen, sondern sendet einige Schwestern dorthin, die die Zeit damit nützen, das vorhandene Inventar zu ordnen. Die erste staatliche Genehmigung wird nur für Erholungen erteilt. Erst als im Februar 1905 die Genehmigung für ein Schwesternaltenheim eintrifft, wird eine klösterliche Gemeinschaft mit vier Schwestern gegründet und durch Erholungsschwestern erweitert.
Inzwischen hat Mutter Philomena den Paderborner Baumeister Mündelein mit den Planungen für den Umbau des vorhandenen Wohnhauses und den großen Erweiterungsbau beauftragt. Im Mai 1905 sind alle Vorarbeiten abgeschlossen, der Umbau kann beginnen. Dem bestehenden Gebäude wird ein einfacher Neubau angefügt, der jedoch für die Bedürfnisse der Krankenpflege in jeder Hinsicht geeignet ist.

11. Oberin in Wiedenbrück

Mutter Philomena wird Oberin im Altenheim in Wiedenbrück

Nach Niederlegung ihres Amtes als Generaloberin im Sommer 1905, nimmt Mutter Philomena ihren Wohnsitz am 18. August in diesem ruhigen, dem Hl. Joseph geweihten, von ausgedehnten Gärten und Ländereien umgebenen Heim. Hier ist sie bis zu ihrem Tod im Jahr 1917 als Oberin den erholungsbedürftigen, kranken und sterbenden Schwestern eine treu sorgende Mutter.
Zunächst widmet sie sich jedoch der Fertigstellung dieser großen Baumaßnahme in Wiedenbrück. In einer Notkapelle wird bereits am 20.Juni 1906 die erste hl. Messe gefeiert. Zwei Monate später findet im August die Einweihung des Hauses statt. Genau wie das Haus in Paderborn erhält es den Namen St. Josephshaus und die selbe Aufgabe, nämlich den alten, kranken und erholungsbedürftigen Schwestern zu dienen. Die "Burg" eignet sich als Wohnsitz der Priester und bietet einer später eingerichteten Handarbeitsschule ausreichend Platz.
Eine recht schwierige Aufgabe ist am 22. August 1906 mit dem Umzug der alten und gebrechlichen Schwestern zu meistern. Die Bahn stellt dafür sogar einen Sonderwagen zur Verfügung.
Als Schwester Seraphia im September 1906 als erste in Wiedenbrück verstirbt, wünscht Mutter Philomena die Toten auf dem Klostergelände - für die Schwestern jederzeit erreichbar - zu begraben. So hatte es einst auch die Stifterin Pauline von Mallinckrodt in Paderborn entschieden. Bei der Regierung in Minden holt sie eine Erlaubnis für die Anlage eines eigenen Schwesternfriedhofs ein. Darin wird ein kleines Kapellchen erbaut. Auf aufrecht stehende, aufwendige Grabsteine wird verzichtet. Jede Schwester erhält eine leicht schräg liegende Grabplatte mit ihrem Namen in einem Band offener Erde, das liebevoll bepflanzt wird. Schwester Seraphia wird umgebettet und als erste auf dem als Friedhof bestimmten Acker beigesetzt.
Mit einfühlsamem Engagement gestaltet Mutter Philomena den Alltag im St. Josephshaus in Wiedenbrück. Ihre persönliche Erfahrungen mit schwächlicher Gesundheit und mancherlei körperlichen Leiden

ermöglicht ihr größtes Einfühlungsvermögen. „*Sie hatte ein zartes Verständnis für alle Bedürfnisse der Leidenden, wusste alle zu ermuntern und zu erheitern und war in ihrer mütterlichen Liebe und Güte so recht der Sonnenschein des Hauses.*"[189] berichten ihre Mitschwestern.

„*Wie wundervoll sie diese letzte Aufgabe erfüllte! Mit der größten Liebe und Freundlichkeit wurde jede einzelne kranke Schwester willkommen geheißen und mit rührender Besorgtheit gepflegt. Mutter erfuhr jedesmal eine große Freude, wenn sie eine Schwester nach wiederhergestellter Gesundheit, mit neuer Kraft und Energie wieder in die Missionen zurückschicken konnte. Wenn die Krankheit unheilbar war, verdoppelte sie ihre Liebe und Pflege. Es kam in Wiedenbrück häufig vor, daß viele Schwestern zur gleichen Zeit schwer krank waren. Wenn dies vorkam, ging Mutter von einem Krankenbett zum anderen, um zu beruhigen und zu trösten. Bevor sie abends zu Bett ging, besuchte sie nochmals die Kranken. Am Morgen war ihre erste Frage:* „Wie haben die lieben kranken Schwestern die Nacht verbracht?" *Mit welcher Liebe hat sie den Sterbenden geholfen! Wie eine wahre Mutter fühlte sie mit allen mit und jeder Tod traf ihr liebendes Herz.*"[190]

Ihr Interesse an allem, was die Genossenschaft betrifft, hält bis zu ihrem Lebensende an. Zur derzeitigen Generaloberin Mutter Regine, die seit 1891 bereits ihre Nachfolgerin als Provinzialoberin der Nordamerikanischen Provinz gewesen war, pflegt sie ein liebevolles Verhältnis mit reichlich brieflichen und persönlichen Kontakten. Fürsorgend unterstützt sie auch die rechten Entscheidungen der Genossenschaft durch Gebet und Opfer.

Eine beeindruckende Verehrung für die überragende Persönlichkeit der Stifterin der Genossenschaft Pauline von Mallinckrodt erhielt sich in den Herzen der Schwestern. Mit ehrfurchtsvoller Liebe bewahren ihre „geistlichen Töchter" Briefe, Bildchen und Gebrauchsgegenstände der 1881 Verstorbenen. Mit rührender Liebe hegen Mutter Paulines Amtsnachfolgerinnen deren schriftlichen Nachlass, ihr geistliches, weltliches und organisatorisches Vermächtnis und ihre Grab-

---

[189] Nachruf im „Westfälischen Volksblatt" Paderborn, den 13. Januar 1917.

[190] Schreiben des Mutterhauses an die Schwestern der christlichen Liebe 1917

stätte in der St. Konradus-Kapelle auf dem Schwesternfriedhof in Paderborn.
Ihre erste Nachfolgerin und Mitstreiterin aus den Anfangsjahren Mutter Mathilde Kothe ließ aus den überlieferten Briefen erbauliche Aussagen zusammenstellen. Die von der Stifterin geschriebene kleine Selbstbiographie gab sie auf Wunsch der Schwestern in die Druckerei. Die von Alfred Hüfer verfasste ausführliche Lebensbeschreibung wurde veröffentlicht.
Mutter Philomena, die als Sekretärin und Assistentin im Mutterhaus in Paderborn und während des Kulturkampfs an Gerichtsverhandlungen in Berlin der Stifterin zur Seite stand, findet in Wiedenbrück die Zeit, aus deren Briefen eindrucksvolle Gedenksprüche herauszuarbeiten und das *„Tugendleben“* Mutter Paulines zusammenzustellen.
Als an Mutter Regine während des Generalkapitels im Jahre 1911 die dringende Bitte gestellt wird, in absehbarer Zeit die Vorbereitungen für den Seligsprechungsprozess der Stifterin Pauline von Mallinckrodt auf den Weg zu bringen, ist Mutter Philomena sicherlich federführend beteiligt. Im Jahre 1914 werden auf dem Bezirkskapitel in Paderborn Richtlinien erarbeitet, die diesem Ziel dienen. Leider werden aber durch den bald darauf ausbrechenden Weltkrieg die Ausführung der beschlossenen Pläne verhindert
In ihrer Freizeit studiert Mutter Philomena die Briefe der Mutter Stifterin und zusammen mit ihren Erinnerungen zeichnet ihre *„gewandte Feder“* einfühlsam deren Tugendleben nach. Weiterhin schreibt sie die typischen Verdienste der einzelnen Schwestern auf, die für den Aufbau der Kongregation in Nord- und Südamerika sowie in Deutschland und den benachbarten Ländern verantwortlich zeichnen. Mehr als 40 Schwestern hat sie in Wiedenbrück auf dem Weg zum Sterben begleitet. In den Lebensbilder und Totenbriefen bewahrt sie mit viel Einfühlungsvermögen die Erinnerung an das Wissenswerte aus dem Leben und Leiden der vielen Schwestern, an deren Sterbelager sie tröstend und betend kniete.
„Mutter Philomena blieb bis zuletzt eine treue Schreiberin. Ihre Briefe an unsere liebe Mutter Oberin besitzen einen Hauch von kindlicher Liebe und rührender Dankbarkeit, tiefe Teilnahme an Freud und Leid. Das Ende enthielt gewöhnlich eine liebevolle und freundliche Ermahnung, die Mutter Oberin sich ein wenig zu Herzen nahm, nämlich,

sich die nötige Ruhe und Erholung zu gönnen. Immer wieder sicherte sie Mutter Oberin ihre Gebete zu, und wirklich, es war für Mutter Regina besonders in schwierigen Zeiten eine große Beruhigung zu wissen, daß Mutter Philomena und ihre treuen Verbundenen ihr durch ihre Gebete halfen."[191]

St. Josephshaus in Wiedenbrück
Archiv des Mutterhauses in Paderborn

[191] Schreiben des Mutterhauses an die Schwestern der christlichen Liebe 1917

12. Tod - Totengedenken - Gedächtnis

Mutter Philomena stirbt 1917 fast achtzigjährig nach einer kurzen schweren Krankheit

Trotz ihres hohen Alters fühlt sich Mutter Philomena im Jahre 1916 noch recht gesund und rüstig. Über kurze Schwächezustände sieht sie großzügig hinweg. Jedoch nimmt die derzeitige Generaloberin Mutter Regine diese Phasen zum Anlass von Paderborn her anzureisen, um sie zu besuchen. So geschieht es auch Ende September. Ab November tritt dann ein schmerzhaftes Leiden zum anderen. Allen Widrigkeiten zum Trotz versucht Mutter Philomena jedoch nach der gebotenen Ruhezeit am Tagesgeschehen bei Tisch, in der Kapelle und in der Freizeit teilzunehmen.

Am 16. Dezember, es ist ein Samstagabend, strickt sie ein wenig und kann sich nach dem Abendgebet nur schwer aus dem Kreise der Mitschwestern lösen. In dieser Nacht ereilt sie ein Schlaganfall. Am Sonntagabend werden ihr die heiligen Sterbesakramente gespendet. Auch Mutter Regine eilt wieder herbei. "*Obwohl Mutter Philomena das Sprechen schwer fällt, unterhält sie sich in ihrer üblichen herzlichen Art.*"[192] Die Generaloberin ahnt beim Abschied nicht, dass dies das letzte Treffen gewesen ist.

Auf Weihnachten zu wird sie immer schwächer. Die Schwestern erfreuen sie mit allem, was ihr körperlich, seelisch, geistig und geistlich gut tun könnte. An Weihnachten tragen sie einen beleuchteten Baum ins Zimmer und lassen eine Spieluhr Weihnachtslieder vorspielen.

Zum großen Bedauern aller muss sie in ihren letzten Lebenstagen so schwere Schmerzen ertragen. Trotz vieler Seufzer kommt nie eine Klage über die Lippen. Mehrere Schwestern sind immer bei ihr. Die Priester wechseln sich ab, um sie zu trösten und mit ihr zu beten. An Silvester reist ihr Bruder Franz Schmittdiel aus Warendorf an. Es wird wegen der starken Schmerzen nur ein kurzer Besuch.

Über Schwester Carita lässt sie immer noch liebe Grüße an Mutter Regine, Schwester Wunibalda und an alle Schwestern ausrichten und

---

[192] Schreiben des Mutterhauses an die Schwestern der christlichen Liebe 1917

bedankt sich für „alle die ihr zuliebe gebrachten Opfer.“ Die letzte Nachricht an Mutter Regine darf als letztes Testament gewertet werden: *„Wenn der Herr mit uns ist, wer ist gegen uns? Gott ist mit uns und wir sind mit ihm.“*[193]

In den letzten Tagen leidet Mutter Philomena schwer und bricht am Morgen des 5. Januar zusammen. Eilig werden die Schwestern herbeigerufen. Der Priester erteilt die Absolution und betet die Sterbegebete. *„Nach einer Weile ... atmet sie einige Male, dann ging ihre Seele zu Gott.“*

Es ist der 5. Januar 1917.

So wie es Mutter Philomena für die vor ihr Verstorbenen gepflegt hat, so behalten es die Schwestern bei: Zusammen beten sie den traurigen Rosenkranz, feiern mit dem Kaplan die Hl. Messe, empfangen alle die hl. Kommunion und gehen zusammen durch den Kreuzgang. Die Tote wird *„zwischen Palmen, Farn und Kerzen“* in einem geräumigen Zimmer gelagert. *„Mutter lag dort als eine Siegerin - das Kreuz in der Hand, der Rosenkranz um die weißen Finger gewickelt und ihr heiliges Gewand mit Myrte bestreut.“*

Von überall her kommen Worte der Trauer und Anteilnahme. Allen voran von seiner Exzellenz, dem Herrn Bischof. Viele hl. Messen und viele Gebete werden für die Ruhe ihrer Seele vollzogen.

Die Generaloberin Mutter Regine kommt mit ihren Assistentinnen, um die Schwestern zu trösten und die letzten Vorbereitungen für die Beerdigung zu treffen.

Die Beerdigung findet am 8. Januar statt.

---

[193] Schreiben des Mutterhauses an die Schwestern der christlichen Liebe 1917

Jesus! Maria! Joseph! Augustin!

†

Es geschehe in allen Dingen, es werde gelobt und über Alles gepriesen der gerechteste, in seinen Höhen und Tiefen unerforschliche, allgebietende und in allen seinen Fügungen liebenswürdigste Wille Gottes.
(100 Tage Ablaß, den armen Seelen zuzuwenden.)

Im Jahre *1917* am *5. Januar* gegen *6* Uhr *morgens* entschlief zu *Wiedenbrück* mit den hl. Sakramenten versehen im *80.* Jahre ihres Lebens und im *58.* ihres geistlichen Standes an *Altersschwäche* unsere geliebte Mitschwester *Philomena Schmittdiel aus Warburg*

III. Generaloberin.

Wir empfehlen die dahingeschiedene Seele dem hl. Opfer der Priester und der Fürbitte der Gläubigen.

Unbefleckte Jungfrau Maria, unsere himmlische Mutter, bitte für sie.

Gebet
zum Troste der armen Seelen.

Fünf Vater unser und fünf Ave Maria unter Betrachtung des Leidens Jesu Christi.

Antiphon. Dich also bitten wir, komm Deinen Dienern zu Hülfe, die Du mit Deinem kostbaren Blute erlöset hast.

Herr, gib ihnen die ewige Ruhe,
Und das ewige Licht leuchte ihnen.
Laß sie ruhen in Frieden. Amen.

(300 Tage Ablaß, den armen Seelen zuzuwenden.)

Die Schwestern der christlichen Liebe,
Töchter der seligsten Jungfrau Maria von der unbefleckten Empfängniß.

Paderborn, *den 6. Januar 1917.*

F. Schöningh, Paderborn.

Totenschein
Archiv des Mutterhauses in Paderborn

Die Schwestern tragen den Sarg mit der Verstorbenen in die Kapelle. Anschließend wird ein feierliches Requiem gefeiert.

Die Verwandten, Vertreterinnen der befreundeten Schwesternkongregationen, unzählige Menschen aus Wiedenbrück und viele ehemalige Schülerinnen der Hauswirtschaftsschule begleiten sie auf ihrem letzten Weg zum Klosterfriedhof.

In der Mitte der lieben Schwestern, die sie zu ihren Lebzeiten als Oberin des St. Josephshauses bereits auf dem Weg zum Tode begleitet hat, findet sie ihre letzte Ruhe. Ein heftiger Schneesturm bedeckt den Boden mit einem weißen Schleier.

Mutter
Philomena Schmittdiel
3. Generaloberin

Grabstelle mit Grabtafel auf dem Schwesternfriedhof in Wiedenbrück.
Aufnahme von Paula Kienzle

Eine kurze Todesanzeige wird an alle Filialen versandt, damit die Schwestern in persönlichem und gemeinschaftlichem Gebet, im Rosenkranz und beim Kreuzweg der Toten gedenken. Bald darauf folgt ein Totenbrief, der die letzte Lebenszeit beschreibt und die wichtigsten Daten aus ihrem Ordensleben enthält.
Für das Archiv wird ihr Lebensbild formuliert und abgelegt.

Freunde wünschen einen Artikel im „Westfälischen Volksblatt“ zu veröffentlichen.

Westfälisches Volksblatt

Paderborn, Samstag, 13. Januar 1917

Aus der katholischen Welt.

Zum Ableben der ehrw. Mutter Philomena.

† Am 5. Januar 1917 starb im St. Josephs-Hause zu Wiedenbrück im Alter von nahezu 80 Jahren Schwester Philomena, geb. Gertrud Schmittdiel, die dritte Generaloberin der Genossenschaft der Schwestern der christlichen Liebe. **Ein viel-**
den heil. Sterbesakramenten, entschlief sie selig im Herrn,
unter dem Beistande des Priesters und den Gebeten der
Schwestern. Ihr Name wird in der Genossenschaft bis
in die fernsten Zeiten mit Verehrung, Dankbarkeit und Liebe genannt werden und alle, die ihr nahe
standen und sie in ihrem Tugendleben kennen gelernt
haben, werden ihr ein treues, liebevolles Andenken bewahren. Möge sie ruhen in Frieden!

Mutter Regine lässt diesen Text, der Mutter Philomenas „*Persönlichkeit, Leben und Arbeit*“ nur in groben Zügen darlegt, drucken und an alle Niederlassungen versenden. Ebenso verfährt sie mit einem weiteren Brief, in dem das verdienstvolle und tugendhafte Leben als Ordensfrau den Schwestern der Genossenschaft vorgestellt wird.

„Die christliche Liebe, zu der sich die Schwestern im Leben bekannt haben, folge ihnen auch in den Tod und mache sie frei von Strafen der Sünden und Mängel. Die fürbittende Liebe führe sie ein in die ewige Seligkeit, zu Gott, dem Geliebten ihres Herzens, in den unvergänglichen Glanz des himmlischen Sion.“[194]

[194] Erste Constitutionen, verfasst von Pauline von Mallinckrodt

13. Mutter Philomenas Lebenswerk Entwicklung bis heute

Das ehemalige Mutterhaus der östlichen nordamerikanischen Provinz in Wilkesbarre in Pennsylvanien steht nicht mehr. Das Gebäude ist bis in die 1970iger Jahre als St. Ann's Academie weitergeführt worden. In der Kapelle befand sich die Bibliothek.

Bibliothek der St. Ann's Akademie
Archiv der östlichen nordamerikanischen Provinz in Mendham

Die heutige Anschrift des Mutterhauses der nordamerikanischen Provinz lautet: Sisters of Christian Charity, Mallinckrodt Konvent und hat seinen neuen Sitz in Mendham, New Jersey. Dort wurde ein neues Mutterhaus für die östlichen nordamerikanischen Provinzen erbaut und mit Leben erfüllt.

Während Mutter Philomenas Abwesenheit in Nordamerika wird in Chicago das Josephinum erbaut und 1890 eingeweiht. Es beherbergt eine Hoch- und Handelsschule mit Internat und Externat. Professoren der Universität Chicago halten hier Vorlesungen. So ist ein hoher Standard in der Ausbildung der Lehrerinnen garantiert, den Mutter Philomena schon während ihrer Tätigkeit als Ziel ins Auge fasste. 1916, noch zu Lebzeiten von Schwester Philomena, wird in Wilmette ein neues Provinzialmutterhaus für die östliche nordamerikanische Provinz errichtet und Maria Immaculata-Konvent genannt. Zu diesem Zeitpunkt wird das Haus in Wilkes-Barre als Mutterhaus aufgegeben und als St. Ann's Akademie weitergeführt.

Die Mallinckrodt Normal School und die Maria Immaculata Academie, die mit dem Mutterhaus in Wilmette verbunden sind, dienen der Ausbildung der Schwestern für ihre spätere Berufstätigkeit als Lehrerinnen an Elementar- und Hochschulen. Die Examen besitzen die staatliche Anerkennung.[195]

[195] Geschichte der Schwestern der christlichen Liebe 1930, S. 122-124

Der Innenraum der hohen gotischen Kapelle zeigt am ersten Pfeiler auf der rechten Seite das Bild der „Immerwährenden Hilfe“. Archiv des Mutterhauses in Paderborn

Die Kapelle und die Gebäude wurden bei einem Bombenangriff am 27.03.1945 zerstört.
Archiv des Mutterhauses in Paderborn

Bild der Immerwährenden Hilfe in der ehemaligen Mutterhauskapelle
Archiv der Schwestern der christlichen Liebe

Der erste Pfeiler rechts mit dem Bild der „Immerwährenden Hilfe“ blieben bei der Zerstörung der Kapelle durch Bomben am Ende des Zweiten Weltkrieges wie durch ein Wunder unversehrt. Die Schwestern nahmen dieses Ereignis als Zeichen dafür, den Wiederaufbau zu wagen.

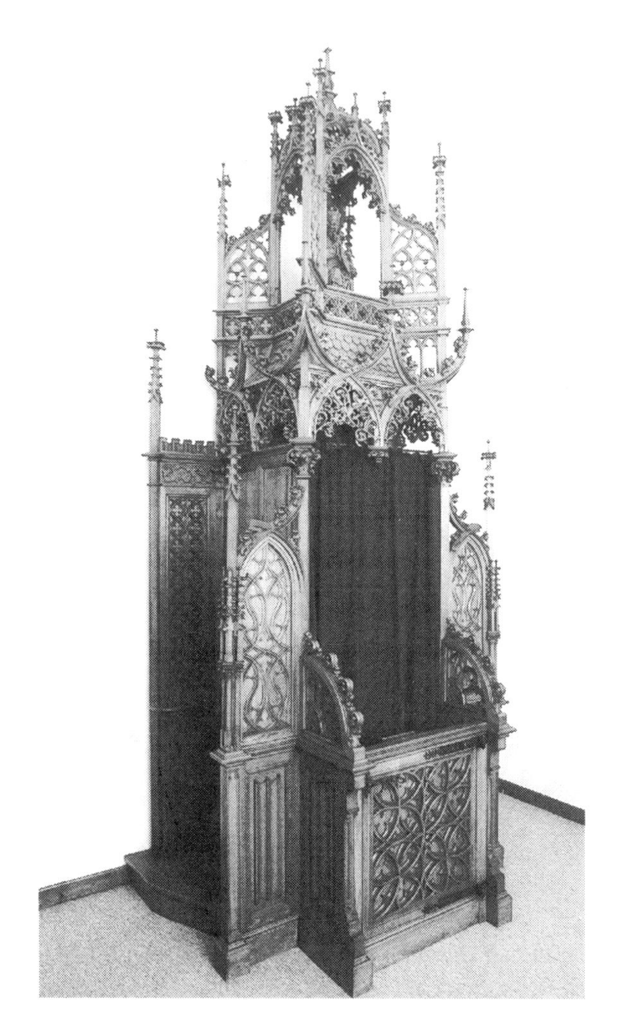

Dieser Beichtstuhl wurde für die 1894/95 erbaute Mutterhauskapelle angefertigt und stand hinten in der Kapelle.
Auch dieser blieb im Bombenhagel unversehrt.
Heute steht er in einer mit der Kapelle verbundenen Beichtkapelle.
Aufnahme von Ansgar Hoffmann, Fotografie und Design, Schlangen

Die Kapelle und das Mutterhaus sind seit 1950 wieder aufgebaut.
Archiv des Mutterhauses in Paderborn

Die Stifterin Pauline von Mallinckrodt wurde am 11. September 1985
selig gesprochen.
Ihre Grabstätte ist in der St. Konradus-Kapelle
auf dem Gelände des Mutterhauses.
Aufnahme von Paula Kienzle

Durch die rückläufige Zahl der Schwestern musste das St. Josephs-Haus in Wiedenbrück im Jahre 1970 aufgegeben werden. Die Gebäude wurden inzwischen abgerissen und ein modernes Schulzentrum der Stadt Wiedenbrück darauf errichtet.
Auch der Klosterfriedhof in Wiedenbrück wurde aufgegeben. Es finden dort keine Beerdigungen mehr statt. Die Anlage wird weitergepflegt. Die Grabstellen - auch die von Mutter Philomena - sind noch erhalten. Das Friedhofskapellchen wurde abgerissen und ein Steinkreuz errichtet.

Über die Geschichte der Erinnerungsstücke, die den Bombenhagel unbeschadet überstanden, wird in den Chroniken so berichtet:
„Aber noch ein ganz teures Kleinod blieb uns erhalten: das Bild der Immerwährenden Hilfe. Es hing unversehrt an seinem Platz vorn in der Kapelle am rechten Pfeiler. Weder der handgeschnitzte Holzrahmen, noch die Glasscheibe, hatten irgendwie Schaden gelitten. Nur der rote Samthintergrund wies einige kleine Brandstellen auf. Wie die unüberwindliche Siegerin, wie die Helferin in allen Drangsalen und Nöten thronte die liebe Gottesmutter über allem Chaos. Wir waren wie gebannt und innerlich zutiefst ergriffen beim Anblick dieses Bildes."[196]

„Das Bild unserer „Lieben Frau von der immerwährenden Hilfe" und der Beichtstuhl, teure Andenken unserer früheren Mutterhauskapelle, sollen in der Beichtkapelle einen Ehrenplatz bekommen."[197]

---

[196] Prov.-Chronik 1945 – 1949, S. 17, Mutterhaus in Paderborn
[197] Prov.-Chronik 1950 – 1959, S. 34, Mutterhaus in Paderborn

14. Lebensdaten

13. Juni 1837	Geburt in Warburg
11. Juli 1856	Lehrerinnenexamen in Paderborn
1856 – 1858	Lehrerin in Bökendorf bei Brakel
23. Okt. 1858	Eintritt bei den Schwestern der christl. Liebe
02. Febr. 1859	Einkleidung im Mutterhaus in Paderborn
10. Okt. 1860	Erste Profess
12. Okt. 1869	Ewige Profess
1874 – 1881	Assistentin und Sekretärin in Nordamerika
1881 – 1887	Provinzialoberin in Nordamerika
1893 – 1905	Dritte Generaloberin in Paderborn
1905 – 1917	Oberin im Josephs-Haus in Wiedenbrück
05. Jan. 1917	Tod in Wiedenbrück

Literatur

I. Unveröffentlichte Quellen

Privatbriefe Heidenreich/Koch im Besitz von Frau Kalthoff
Verwaltungsbericht der Stadt Warburg; keine Jahresangabe.
Geschichte der Schwestern der christlichen Liebe 1926
Geschichte der Schwestern der christlichen Liebe 1930
Prov.-Chronik Mutterhaus in Paderborn 1945 – 1949
Prov.-Chronik Mutterhaus in Paderborn 1950 – 1959
Schreiben des Mutterhauses an die Schwestern der christl. Liebe 1917
Originalbrief von Pauline von Mallinckrodt vom 19.11.1877
Erste Konstitutionen, verfasst von Pauline von Mallinckrodt
Pauline von Mallinckrodt: Kurzer Lebensabriß
Martin, Sr. Hyacintha: Chronicle of the first Mission founded by the Congregation in the United States: New Orleans from the founding to 1950

II. Benutzte Archive und Bibliotheken:

Archiv der Schwestern der christlichen Liebe in Paderborn
Archiv der Schwestern der christlichen Liebe in Mendham, USA
Archiv der Schwestern der christlichen Liebe in New Orleans, USA
Staatsarchiv in Detmold
Erzbistumsarchiv Paderborn
Erzbischöfliche Akademische Bibliothek Paderborn
Pfarrarchiv Warburg Altstadt
Stadtarchiv Warburg
Stadtarchiv Paderborn
Stadtarchiv Viersen
Stadtarchiv Essen/Steele
Stadtarchiv Dortmund
Stadtarchiv Solingen
Universitätsbibliothek Tübingen

Archiv des Westfälischen Volksblatts, Paderborn
Archiv der Geseker Zeitung, Geseke
Archiv des Westfälischen Volksfreunds, Hamm
Archiv des Münsterschen Sonntagsblatts, Münster

III. VERÖFFENTLICHTE LITERATUR:

1200 Jahre Wiedenbrück
Altenberend, J.: Leander van Eß, 2001
Bangert, M./Keul, H.(Hg): Die Mystik der Frauen von Helfta
Barkey, Th.: Damit ihr Leben gelingen kann, Die Arbeit mit Blinden – am Beispiel der Schwestern der christlichen Liebe, Paderbon 1984
Brockhaus, R.: Die Geschichte des Christentums
Bungert, A.: Pauline von Mallinckrodt, 1980
Conrad, A.: „Katechismusjungfrauen“ und „Scholastikerinnen“, in: **Wunder, H., Vanja, C. (Hg):** Wandel der Geschlechterbeziehungen zu Beginn der Neuzeit, Frankfurt am Main 1993
Drechsel, W.: Die Professionalisierung des „Schulstands“ und „die unbrauchbar gewordenen“ Elementarlehrerinnen, in: Kleinau, E., Opitz, C. (Hg). Geschichte der Mädchen- und Frauenbildung
Dreger, I.: Sister Xaveria Kaschke, in:
D. Dawes/C. Nolan (Hg): Religious Pioneers, Building the Faith in the Archdiocese of New Orleans, 2004
Franke, C.: Pauline von Mallinckrodt, In ihrer Zeit 1817 – 1881, Paderborn 1984
Goethes sämtliche Werke, Jubiläumsausgabe 20, 1904
Hagemann, L.: Geschichte und Beschreibung der beiden katholischen Pfarreien in Warburg, I. Teil 1903; II.. Teil 1904.
Heidenreich, F.: Warburger Stammtafeln, Genealogien von Geschlechtern der Stadt Warburg und ihrer Nachbarstädte vom 14. Bis ins 18. Jahrhundert, in: Beiträge zur Westfälischen Familienforschung 43/44 (1985/86), Teil 1: Text, Münster 1987; Teil 2: Tafeln, Münster 1986.
Hopf, C./Matthes, E.: Helene Lange und Gertrud Bäumer, Ihr Engagement für Frauen- und Mädchenbildung , 2001
Kleinau, E/ Opitz, C.(Hg).: Geschichte der Mädchen- und Frauenbildung
Konstitutionen der Schwestern der christlichen Liebe 1995
Körner, H.: Die Würzburger Siebold. Eine Gelehrtenfamilie des 18. und 19. Jahrhunderts, 1967
Lutz H.: Kreisbeschreibung Wiedenbrück
Zwischen Habsburg und Preußen. Deutschland 1815 – 1866. 1998
Meiwes, R.: Religiosität und Arbeit, in: Irmtraud Götz von Olenhusen u.a.: Frauen unter dem Patriarchat der Kirchen, Katholikinnen und Protestantinnen im 19. Jahrhundert, Stuttgart 1995
Meiwes, R.: Arbeiterinnen des Herrn, Katholische Frauenkongregationen im 19. Jahrhundert, Frankfurt am Main 2000
Mürmann, F.: Die Stadt Warburg, Warburg 1986

Pauls, E.: Die Revolution der Königin Luise, in: Geschichten aus Mecklenburg, Rostock 1990
Polyglott Chile
Richter, W.: Das Volksschulwesen der Stadt Warburg, in: Westfälische Zeitschrift für Geschichte und Altertumskunde Band 74/2.
Richter, W.: Beiträge zur Geschichte des Paderborner Volksschulwesens im 19. Jahrhundert, A. Schule und Kirche
Rößlins Rosengarten: Hebammenlehrbuch aus dem 16. Jahrhundert in: W. Gubalke: Die Hebamme im Wandel der Zeiten, Hannover 1964
Schmittdiel, A.: Pauline von Mallinckrodt, Paderborn 1949
In: „**die warte**" Paderborn, Ostern 1986: St. Josephshaus.
Tingsten, H.: Königin Viktoria und ihre Zeit, München 1998
Weingärtner, I.: Aus meiner Vaterstadt, Jugenderinnerungen, Kreisblatt
Wiegard, A.: Das Schulwesen der Stadt Warburg in fürstbischöflicher Zeit, Münster 1913

Wissenschaftliche Paperbacks
Theologie

Michael J. Rainer (Red.)
"Dominus Iesus" – Anstößige Wahrheit oder anstößige Kirche?
Dokumente, Hintergründe, Standpunkte und Folgerungen
Die römische Erklärung "Dominus Iesus" berührt den Nerv der aktuellen Diskussion über den Stellenwert der Religionen in der heutigen Gesellschaft. Angesichts der Pluralität der Bekenntnisse soll der Anspruch der Wahrheit festgehalten werden.
Bd. 9, 2. Aufl. 2001, 350 S., 20,90 €, br., ISBN 3-8258-5203-2

Rainer Bendel (Hrsg.)
Die katholische Schuld?
Katholizismus im Dritten Reich zwischen Arrangement und Widerstand
Die Frage nach der „Katholischen Schuld" ist spätestens seit Hochhuths „Stellvertreter" ein öffentliches Thema. Nun wird es von Goldhagen neu aufgeworfen, aufgeworfen als moralische Frage – ohne fundierte Antwort. Wer sich über den Zusammenhang von Katholizismus und Nationalsozialismus fundiert informieren will, wird zu diesem Band greifen müssen: mit Beiträgen u. a. von Gerhard Besier, E. W. Böckenförde, Heinz Hürten, Joachim Köhler, Johann Baptist Metz, Rudolf Morsey, Ludwig Volk, Ottmar Fuchs und Stephan Leimgruber.
Bd. 14, 2., durchges. Aufl. 2004, 400 S., 19,90 €, br., ISBN 3-8258-6334-4

Theologie: Forschung und Wissenschaft

Wolfgang W. Müller
Gnade in Welt
Eine symboltheologische Sakramentenskizze
Sakramente sind Erkennungszeichen für die Suche des Menschen nach Ganz-Sein und Heil als auch der Zu-Sage der Heilsgabe Gottes an uns Menschen. Sakramente werden in der Theologie bedacht, in der Liturgie gefeiert. Vorliegender symboltheologischer Entwurf folgt einer Einsicht moderner Theologie, Dogmatik und Liturgiewissenschaft aufeinander bezogen zu denken. Die symboltheologische Skizze eröffnet einen interdisziplinären Zugang zum Sakramentalen.
Bd. 2, 2002, 160 S., 17,90 €, br., ISBN 3-8258-6218-6

Gabriel Alexiev
Definition des Christentums
Ansätze für eine neue Synthese zwischen Naturwissenschaft und systematischer Theologie
Eine wesentliche Führungsgröße im zwischenmenschlichen Gespräch ist die Eindeutigkeit der einschlägigen Begrifflichkeit, die erfahrungsgemäß durch möglichst klare und gültige Begriffsbestimmungen, also durch „Definitionen", zustande kommt. Die vorliegende Arbeit bemüht sich unter Absehen konfessioneller Eigenheiten, wohl aber unter Einbezug naturwissenschaftlicher Ergebnisse (hier besonders der Biologie) um die Erarbeitung einer möglichst gültigen und klaren „Definition des Christentums".
Bd. 3, 2002, 112 S., 17,90 €, br., ISBN 3-8258-5896-0

Klaus Nürnberger
Theology of the Biblical Witness
An evolutionary approach
The "Word of God" emerged and evolved as divine responses to changing human needs in biblical history. By tracing the historical trajectories of six paradigms of salvation, such as ex-odus, kingship and sacrifice, through a millennium of biblical history, Nürnberger reveals a vibrant current of meaning underlying the texts which expresses growing insight into God's redeptive intentions and which can be extrapolated in to the present predicaments of humankind.
Bd. 5, 2003, 456 S., 34,90 €, br., ISBN 3-8258-7352-8

LIT Verlag Münster – Berlin – Hamburg – London – Wien
Grevener Str./Fresnostr. 2 48159 Münster
Tel.: 0251 – 62 032 22 – Fax: 0251 – 23 19 72
e-Mail: vertrieb@lit-verlag.de – http://www.lit-verlag.de

Herbert Ulonska; Michael J. Rainer (Hrsg.)
Sexualisierte Gewalt im Schutz von Kirchenmauern
Anstöße zur differenzierten (Selbst-)Wahrnehmung. Mit Beiträgen von Ursula Enders, Hubertus Lutterbach, Wunibald Müller, Michael J. Rainer, Werner Tzscheetzsch, Herbert Ulonska und Myriam Wijlens
Kirchen beanspruchen eine hohe moralische Autorität, wenn es um die Bewahrung der Würde des Menschen geht. Kirchen werden an den Pranger gestellt, wenn sexualisierte Gewalt gegen Kinder und Jugendliche durch ihre Amtsträger und Mitarbeitenden aufgedeckt wird. Angesichts des „Seelenmordes" dürfen Kirchenmauern das Unfaßbare nicht verschweigen und pädosexuellen Tätern keinen Schutz gewähren. Kirchen beginnen endlich zu handeln und das Schweigen zu brechen. Um aber präventiv handeln und konkret arbeiten zu können, ist vertiefendes Wissen dringend erforderlich. Anstöße für eine differenzierte Selbst-Wahrnehmung bieten die hier erstmalig zusammengeführten Perspektiven aus Kirchengeschichte und -recht, Religions-Pädagogik und Psychologie, Medien- und Multiplikatorenarbeit.
Bd. 6, 2003, 192 S., 17,90 €, br.,
ISBN 3-8258-6353-0

Wilhelm H. Neuser
Die Entstehung und theologische Formung der Leuenberger Konkordie 1971 bis 1973
Die Leuenbürger Konkordie (1973) hat sich als das große Einigungswerk zwischen den lutherischen und reformierten Kirchen Europas erwiesen. Sie ist Grundlage auch der erfolgreichen Konsensgespräche mit anderen Kirchen. Zum 30jährigen Jubiläum legt der Verfasser, der selbst Teilnehmer war, eine Textausgabe vor, die erstmals Tischvorlagen in den Arbeitsgruppen und die Vorlagen für das Plenum umfaßt. Die Entstehung des Entwurfs 1971 und die Revision 1973 erscheint nun als ein Prozeß, der die theologische Formung der Konkordie genau verfolgen läßt. Die Textausgabe wird so zum Kommentar der Konkordie. Der Verfasser gibt in der Einleitung eine erste Deutung. Im Anhang werden acht Begleittexte geboten.
Bd. 7, 2003, 136 S., 19,90 €, br.,
ISBN 3-8258-7233-5

Religion – Geschichte – Gesellschaft

Fundamentaltheologische Studien
hrsg. von
Johann Baptist Metz (Münster / Wien), Johann Reikerstorfer (Wien) und Jürgen Werbick (Münster)

Johann Baptist Metz; Johann Reikerstorfer; Jürgen Werbick
Gottesrede
Wie ist nach der Botschaft vom "Tod Gottes" nicht nur erneut von Religion, sondern von Gott, vom Gott der biblischen Tradition zu reden? Welche Sprache hat die Theologie für "Gott in dieser Zeit", die von Katastrophen wie der von Auschwitz gezeichnet ist? Solchen "fundamentalen" Fragen der christlichen Gottesrede stellen sich die drei Herausgeber der Reihe in diesem Band: *Johann Baptist Metz,* der die "schwachen" Kategorien der Gottesrede in der "Zeit der Gotteskrise" entfaltet ("Im Eingedenken fremden Leids. Zu einer Basiskategorie christlicher Gottesrede"), *Johann Reikerstorfer,* dem es vor allem um eine Auseinandersetzung mit Letztbegründungsabsichten in der Theologie/Religionsphilosophie geht, ("Leiddurchkreuzt – Zum Logos christlicher Gottesrede") und *Jürgen Werbick,* der anhand der Problematik des Bittgebets die heutige "Schwierigkeit, ja zu sagen" untersucht ("Was das Beten der Theologie zu denken gibt"). Der Text "Der unpassende Gott" von J. B. Metz zum Kirchenvolksbegehren wird in dieser 2. Auflage neu zugänglich gemacht.
Bd. 1, 2. erw. Aufl. 2001, 104 S., 10,90 €, br.,
ISBN 3-8258-2470-5

Jürgen Manemann;
Johann Baptist Metz (Hrsg.)
Christologie nach Auschwitz
Stellungnahmen im Anschluß an Thesen von Tiemo Rainer Peters
Der vorliegende Band präsentiert zehn Thesen zur "Christologie nach Auschwitz" von *Tiemo Rainer Peters* und versammelt dazu Stellungnahmen, zustimmende, weiterführende, kritisch rückfragende Kurzkommentare – von Schülern und Freunden, von Symphatisanten und auch von kritischen Begleitern einer Politischen Theologie, für die die Katastrophe von Auschwitz zur inneren Situation der christlichen Gottesrede gehört, so daß ihr der Rückzug auf eine situationsblinde Heilsmetaphysik oder auf einen menschenleeren Geschichtsidealismus angesichts dieser Katastrophe verwehrt ist. Beiträger sind: Reinhold Boschki, Edna Brocke, Ulrich Engel, Paulus Engelhardt, Hans-Gerd Janßen, Ottmar John, Maureen Junker-Kenny, Bertil Langenohl, Jürgen Manemann, Friedrich-Wilhelm Marquardt, Reyes Mate, Johann Baptist Metz, Jürgen Moltmann, Otto Hermann Pesch, Birte Petersen, Thomas Pröpper, Johann Reikerstorfer, Jürgen Werbick Die zweite Auflage ist erweitert um eine Erwiderung von Tiemo Rainer Peters.
Bd. 12, 2. Aufl. 2001, 192 S., 15,90 €, br.,
ISBN 3-8258-3979-6

Barbara Nichtweiß (Hrsg.)
Vom Ende der Zeit
Geschichtstheologie und Eschatologie bei Erik Peterson. Symposium Mainz 2000. Mit Beiträgen von Klaus Berger, Ferdinand Hahn, Karl Lehmann, Eduard Lohse, Hans Maier, Christoph Markschies u. a.
Bd. 16, 2001, 344 S., 25,90 €, gb.,
ISBN 3-8258-4926-0

Maureen Junker-Kenny; Peter Kenny (eds.)
Memory, Narrativity, Self and the Challenge to Think God
The Reception within Theology of the Recent Work of Paul Ricœur
As the first book in English to treat the most recent, as yet untranslated stage of Paul Ricoeur's work, the topical themes of memory and forgiveness as they relate to his theory of self and to the question of God, this publication offers an overview of the fruitfulness of his categories for different theological disciplines by experts from different cultural contexts: North America, Britain, Germany and Scandinavia. Paul Ricœur's own article on forgiveness as a dimension opened up from beyond human powers, and his contributions to the discussion of his work document a new stage of interaction with Theology.
Bd. 17, 2004, 232 S., 20,90 €, pb.,
ISBN 3-8258-4930-9

Detlef Schneider-Stengel
Christentum und Postmoderne
Zu einer Neubewertung von Theologie und Metaphysik
Christliche Theologie und philosophische Ansätze der Postmoderne stehen, so scheint es, in einem schwierigen, wenn nicht konträren Verhältnis zueinander. Wenn man aber genauer hinsieht, dann haben beide mehr gemeinsam, als sie selbst voneinander glauben. Denn die Postmoderne, so die These von Leslie Fiedler, ist genuin religiös. Die vorliegende Arbeit hat sich zum Ziel gesetzt, mit Hilfe der Religionsphilosophie anhand moderner Mythos- und Metapherntheorien einen Dialog zu initiieren, der für beide Seiten sehr fruchtbar wäre. Die aufgezeigten und entwickelten Dialogmodelle könnten dann als hermeneutische Gesprächshilfen dienen.
Bd. 19, 2002, 328 S., 25,90 €, br.,
ISBN 3-8258-5011-0

Paulus Budi Kleden
Christologie in Fragmenten
Die Rede von Jesus Christus im Spannungsfeld von Hoffnungs-

LIT Verlag Münster – Berlin – Hamburg – London – Wien
Grevener Str./Fresnostr. 2 48159 Münster
Tel.: 0251 – 62 032 22 – Fax: 0251 – 23 19 72
e-Mail: vertrieb@lit-verlag.de – http://www.lit-verlag.de

und Leidensgeschichte bei
Johann Baptist Metz
Bd. 21, 2001, 448 S., 40,90 €, br.,
ISBN 3-8258-5198-2

Bernhard Nitsche
Göttliche Universalität in konkreter Geschichte
Eine transzendental-geschichtlichen Vergewisserung der Christologie in Auseinandersetzung mit Richard Schaeffler und Karl Rahner
Bd. 22, 2001, 562 S., 40,90 €, gb.,
ISBN 3-8258-5136-2

K. Hannah Holtschneider
German Protestants Remember the Holocaust
Theology and the Construction of Collective Memory
Bd. 24, 2001, 232 S., 25,90 €, pb.,
ISBN 3-8258-5539-2

Ulrich Willers (Hrsg.)
Theodizee im Zeichen des Dionysos
Nietzsches Fragen jenseits von Moral und Religion
Ist Nietzsche der Anfang vom Ende des Christentums? Seine Invektiven haben eine argumentative Kraft und Suggestivität, der man sich, wenn man einmal sich auf sie eingelassen hat, fast nur durch Flucht entziehen kann. Jedenfalls ist das die Haltung vieler Christen. Bemerkenswert ist dabei: Nietzsche gewinnt nicht nur dann an Gewicht, wenn man sich seinen Anfragen stellt, sondern auf eigentümliche Weise auch dann, wenn man ihm ausweicht. Im vorliegenden Band, der kompetente und renommierte philosophische und theologische Nietzsche-Kenner zu einem vielstimmigen Gespräch über Moral, Religion und Christentum versammelt (u. a. Ch. Türcke, J. Simon, J. Salaquarda, J. Figl, W. Stegmaier) geht es um eine kritische und kontroverse Konfrontation mit Nietzsches aus dionysischen Antrieben gespeister Analyse der platonisch-moralischen und christlichen Weltdeutung.
Bd. 25, 2003, 248 S., 20,90 €, br.,
ISBN 3-8258-5561-9

Ansgar Koschel (Hrsg.)
Katholische Kirche und Judentum im 20. Jahrhundert
Mit Beiträgen von Herbert Bettelheim, Ernst-Ludwig Ehrlich, Gabriel Padon, Gerhard Riegner, Herbert Smolinsky und Erich Zenger
Das Verhältnis zwischen Kirche und Judentum ist belastet von Anfang an. Im 20. Jahrhundert jedoch führten Einstellungen und Verhaltensweisen von Kirchen und Christen zu einem Tiefpunkt. Christlicherseits ist er nur durch Umkehr, jüdischerseits durch die Annahme aufrichtiger Umkehr heute lebender Christen zu überwinden. Gleichgültigkeit und Schweigen sind Kennzeichen des Verhältnisses von Kirche und Christen zu den Juden, namentlich angsichts der geplanten wie ins Werk gesetzten Vernichtung durch das nationalsozialistische Regime in Deutschland. Nach der Schoa werden zunächst nur vereinzelt Handlungen sichtbar und Stimmen vernehmbar, die in den Juden Geschwister des Glaubens erkennen.
Bd. 26, 2002, 176 S., 17,90 €, br.,
ISBN 3-8258-5507-4

Christian Heller
John Hicks Projekt einer religiösen Interpretation der Religionen
Darstellung und Analyse – Diskussion – Rezeption
Die "Theologie der Religionen" hat sich in den letzten Jahren zu einem theologischen Brennpunkt entwickelt, der weit über die Fachwelt hinaus auf großes Interesse stößt. Im Mittelpunkt der Diskussion steht die Position des englischen Religionsphilosophen und -theologen John Hick, die im vorliegenden Buch von seinen epistemologischen Ansätzen bis zu seiner pluralistischen Theologie der Religionen nachgezeichnet und analysiert wird. Die Entwicklung, die sich in Hicks Denken aufzeigen lässt, kann als ein Prozess der fortwährenden Anwendung grundlegender theologischer Optionen auf neu ins Bewusstsein getretene Erfahrungen und Erkenntnisse verstanden werden. Seine

LIT Verlag Münster – Berlin – Hamburg – London – Wien
Grevener Str./Fresnostr. 2 48159 Münster
Tel.: 0251 – 62 032 22 – Fax: 0251 – 23 19 72
e-Mail: vertrieb@lit-verlag.de – http://www.lit-verlag.de

pluralistische Religionstheologie sieht sich schwerer Kritik ausgesetzt. Neben einer ausführlichen Analyse der vorgebrachten kritischen Einwände beschäftigt sich die Arbeit mit zwei neueren Ansätzen von Jacques Dupuis und Roger Haight, die Hicks Anliegen – die Anerkennung der Werthaftigkeit von Pluralität auch im religiösen Bereich – im Rahmen einer christlichen Theologie gerecht werden wollen.
Bd. 28, 2001, 528 S., 40,90 €, br.,
ISBN 3-8258-5528-7

Peter Zeillinger
Nachträgliches Denken
Skizze eines philosophisch-theologischen Aufbruchs im Ausgang von Jacques Derrida. mit einer genealogischen Bibliographie der Werke von Jacques Derrida
Dieses Buch versucht das Denken des franz. Philosophen Jacques Derrida (*1930) für die Theologie nicht nur wahr-, sondern auch ernst zu nehmen. In Reaktion auf eine global gewordene „Grundlagenkrise" (von J. B. Metz theologisch als „Gotteskrise" diagnostiziert) wird die spezifische Wahrnehmung des Verlusts unhinterfragbarer Gewissheiten im Werk selbst nachgezeichnet. Derridas konsequent „performatives Schreiben" lässt die Dekonstruktion dabei, entgegen weit verbreiteter Meinung, als einen praxisfundierenden, das Wagnis konkreten Engagements kriteriologisch eröffnenden Diskurs erkennen, der sogar die notwendige Möglichkeit von Theologie philosophisch artikuliert. Prägende „Begriffe" wie *différance*, Spur und Schrift, das *donc*, die Erfahrung des Unmöglichen, sowie das notwendige Sprechen im Modus des *Vielleicht*, werden in einer genealogisch-chronologischen Lektüre aus den Texten Derridas selbst herausgearbeitet.
Bd. 29, 2002, 296 S., 35,90 €, gb.,
ISBN 3-8258-6144-9

Kurt Appel
Entsprechung im Wider-Spruch
Eine Auseinandersetzung mit der politischen Theologie des jungen Hegel
Ziel der vorliegenden Arbeit ist es, die Offenbarung Gottes in der Weltwirklichkeit und deren Brüchen herauszuarbeiten. Ausgangspunkt sind dabei die Jugendschriften Hegels, deren gesellschafts- und erkenntniskritisches Potential freigelegt und für das Offenbarungsthema fruchtbar gemacht werden soll. Dabei wird ein „positives" Herrschaftsdenken kritisiert, welches der Anerkennung der Anderen in einer freien Gesellschaft, an deren Gestaltung das Subjekt nicht nur formal partizipiert, entgegensteht.
Bd. 31, 2003, 208 S., 29,90 €, br.,
ISBN 3-8258-6605-x

Nicoletta Capozza
Im Namen der Treue zur Erde
Versuch eines Vergleichs zwischen Bonhoeffers und Nietzsches Denken
Am Leitfaden der „Treue zur Erde" werden die Arbeiten Bonhoeffers und Nietzsches einer eingehenden Interpretation unterzogen. Dabei zeigt sich, dass Bonhoeffer in intensiver Rezeption von Nietzsches Denken dessen Appell „Bleibt der Erde treu!" aufgenommen hat. Allerdings vermag er durch seine der Alterität verpflichtete Christologie und die aus ihr entspringenden ethischen Kategorien, die Geschichtlichkeit und Transzendenz verbinden, der nihilistischen Paradoxie des Philosophen zu entrinnen.
Bd. 33, 2003, 336 S., 29,90 €, br.,
ISBN 3-8258-6667-x

Ernst-Wolfgang Böckenförde
Kirche und christlicher Glaube in den Herausforderungen der Zeit
Beiträge zur politisch-theologischen Verfassungsgeschichte 1957 – 2002
Bd. 36, 2004, 456 S., 39,90 €, gb.,
ISBN 3-8258-7554-7

LIT Verlag Münster – Berlin – Hamburg – London – Wien
Grevener Str./Fresnostr. 2 48159 Münster
Tel.: 0251 – 62 032 22 – Fax: 0251 – 23 19 72
e-Mail: vertrieb@lit-verlag.de – http://www.lit-verlag.de